Alexander Gruber (Hg.) · Von Adam an

Von Adam an

Männer in der Bibel

Herausgegeben, neu erzählt
und mit einem Vor- und Nachwort
versehen von Alexander Gruber

PENDRAGON

Inhalt

Vorwort

Mit IHm, dem Schöpfer aus dem Nichts, beginnt die Welt: Myriaden von Milchstraßen schießen auf sein Geheiß in unbegreiflicher Geschwindigkeit auseinander, schaffend das All. Hin und wieder amüsiert es IHn: ER lässt es an einem Finger kreisen. Doch dann? Dann scheint es IHn zu langweilen wie ein Kind, das mit Murmeln spielt, die keine eigenwilligen Bahnen einschlagen, stumm bleiben, geschweige denn Widerworte geben. Wie wäre es, wenn doch?, denkt ER, doch SEin Denken heißt: Wirkliches schaffen: eine Sonne, Planeten, die kreisen mit ihren Monden, darunter einen, der atmet mit Luft, Wolken und Winden, Tag und Nacht, Hitze und Kälte, Wüsten und Eis, Wasser und Land, worin und worauf winzigstes Leben, sich teilend und sich vermehrend, wachsend, vergehend und wieder wachsend, vervielfältigst sich entwickelnd. Und vor IHm, der keine Zeit kennt, liegt Adam, ein Erdenkloß, als wär er SEin Ebenbild für einen Bruchteil von Zeit, worin ER einen Garten baut, in den ER ihn versetzt, ihm eine Rippe entnimmt, aus der ER Eva formt und mit einem Lächeln sagt ER SEinen Geschöpfen: Seid fruchtbar und mehret euch! (Sollen sie doch für sich selber sorgen!) Adam lässt sich das nicht zweimal sagen: Er kennt keine Wehen! So beginnt Geschichte, die Adam und seine Söhne und deren Söhne und Enkel, Urenkel und Ururenkel bestimmen wollen und so immer fort. Sehen wir ihnen zu!

Adam

Ja, wenn's damit sein Bewenden hätte! Aber das hat es nicht. Vorher musste doch … – Ja? – … musste doch ER aus dem Nichts, quasi als würd' ER die Hände zusammenschlagen, in einer Explosion Raum entstehen lassen, und die dauert immer noch an, raumschaffend im Unendlichen, und da nun bewegter Raum war, entstand mit ihm Zeit in Ewigkeit, und ER, wie an einem Finger, stellte eine glühende Sonne fest und umgab sie mit kreisenden Wandelsternen, tupfte einen tatsächlich an, dass er blau wurde von Lüften und ziehenden Wolken, abkühlte, Fels, Wasser und Feuer ward, Erde ward, und spielerisch griff ER hinein in den von Leben wimmelnden Boden, da wurde die Handvoll SEin Ebenbild: ein Mensch, ein Mann: Adam.

ER aber beugte sich vor und blies dem vor IHm Liegenden Atem ein, dass er atmete, lebte, die Augen aufschlug und war eine lebendige Seele.

Der HErr, als ob ER lächelte, pflanzte einen Garten in Eden, und von Eden aus ging ein Strom, der teilte sich von da in vier Hauptwasser: Das erste heißt Pison, das fließt um das ganze Land Hevila, wo man Gold findet; und es ist ein köstlich Ding, das Gold, das Gold; und da findet man auch Bedellion und den Edelstein Onyx. Das andere Wasser heißt Gihon, das fließt um das ganze Land, das da ist Afrika. Das dritte Wasser heißt Hiddekel, das fließt vor dem Land der Stadt Assur. Das vierte Wasser aber ist der Euphrat.

Und ER nahm den Menschen und setzte ihn in den Garten Eden, wo es angenehmer war als auf einer Insel, und was ER gemacht hatte, nämlich allerlei Tiere auf dem Felde und allerlei Vögel unter dem Himmel, die brachte ER zu Adam, dass er sie sähe und benamse, denn wie er sie nennen würde, so sollten sie heißen. Und der Mensch gab jedem Vieh und Vogel unter dem Himmel und jedem Tier auf dem Felde den Namen. Das war wahrhaftig eine angenehme und lange, aber auch anstrengende Zeit, und Adam hatte niemanden, der ihm half.

Das merkte der HErr, der auch ein HErr der Zeit ist, endlich. Einen Gehilfen? – War das ein Stich, den ER da spürte? – Ah! Bah! Eine Gehilfin konnte er haben; hatten nicht alle Tiere …? Also ließ ER einen tiefen Schlaf fallen auf den Menschen, und der schlief ein; da nahm ER eine seiner Rippen und schloss die Stelle mit Fleisch zu, aber aus der Rippe baute er ein Weib und brachte es zu ihm, Adam. Der war verdutzt, fing sich rasch jedoch und sagte: »Das ist doch Bein von meinem Bein und Fleisch von meinem Fleisch, Haut von meiner Haut und Haar von meinem Haar, wenn auch üppiger und nicht am Leibe; der ist glatt und lädt zur Berührung. Ich heiße sie Männin, weil sie vom Manne, der ich bin, genommen ist.« So waren sie beide im Garten Eden.

Das war's.

Das soll es gewesen sein? – Mitnichten! – ER hatte nämlich den Garten mit Bäumen bepflanzt und sagte: »Esst, was

Ihr mögt, von den Früchten und Beeren im Garten, aber nicht vom Baum der Erkenntnis, Adam, hörst du?« Adam begriff, dass er und sie, beide, vor einer Mutprobe standen, und als sie den Apfel brach, der ein Granatapfel war, und ihm reichte, biss er hinein, woraufhin ER, der HErr, wie ER geplant hatte, beide des Gartens verwies.

Adam errichtete als Erstes einen Unterstand, eine Hütte für Eva – so nannte er sie nun. Sie brauchte Schutz, denn sie war schwanger. Dann überlegte er und begann, die Gräser mit reifen Samen zu sammeln: haferähnliche, auch magere Gerste mit ihren Grannen und begann mit einem Ast, der zusamt einem Stück des Stamms heruntergebrochen war und als Hacke dienen konnte, den weichen, satten und sicherlich fruchtbaren Boden zu bearbeiten, damit er säen und in richtiger Zeit würde ernten können, sah Spuren der Tiere, einen Wildwechsel zum Fluss, auch den würde er nutzen können. Er wurde Herr des Landes um ihn herum, beobachtete alles, merkte sich's, und da ER der Herr der Zeit war, ihr nicht unterworfen, begriff ER, dass nun Adam zum Herrn über Länder und Meere wurde, ausgriff in den Raum und griff nach dem Kleinsten auch, und zuletzt erschrak ER als würd' ER erwachen. Hatte ER in SEiner Unendlichkeit geträumt? Geträumt von SEiner Allmacht, und sah nun wie in einem Spiegel: Wo würde das Ende sein? Und sah: Es war nahe, es war angebrochen mit Adam, war unabänderlich und würde ewig sein, sei es denn, er würde Mittel und Wege finden, in einer metallenen Kapsel hinaus in den Raum der Gestirne zu fliegen und wie ein Virus das All zu infizieren.

Kain

Allein und nackt stand er da im Schatten: prachtvoll, jung und gesund. Es war alles da; aber er schwitzte, denn er hatte Vater Adam geholfen, ein weiteres Feld anzulegen: erst die Grasnarbe abzuheben, dann mit einem Stock Furchen zu ziehen, dann ausgesucht gesunde Körner aus einer von Hand geformten, an Feuers Rand gehärteten irdenen Schüssel auszusäen und anschließend die Furchen zu glätten. Schön wär's, wenn's regnete! Dahinten, waren das nicht Wolken am Himmel? – Er bückte sich zu der Quelle hinunter, um die ein Steinkranz gelegt war, und überschüttete sich schnaubend mit dem kühl-kalten Wasser. Ah, wie wohl das tat! Mit dem grobwollenen Tuch, das Eva an einen Ast gehängt hatte, rubbelte er sich trocken.

Wo blieb denn Abel? Jetzt, nachdem er seine sanften wolligen Schafe samt dem immer noch widerborstigen Widder an der anderen Quelle, weit hinter der Hütte, getränkt hatte, war doch Schmusezeit. Er liebte seinen Bruder! Dass er als kleiner Bub Eva voll Stolz sein kleines Glied gezeigt hatte, das sich heiß anfühlte und ein wenig anschwoll, war vergessen. Seinerzeit hatte ihn Adam an den Locken gepackt, hochgehoben und aus der Hütte geworfen. Wie er gestrampelt, geschrien, geheult hatte, war gleichfalls vergessen. Jetzt liebte er Abel, dessen glatte, bräunliche Haut, seine süßen Lippen, die spielende Zunge und geschmeidigen Schenkel. Beide wussten, dass ihre Eltern, was sie empfanden und taten, nicht besonders mochten, aber keine Einwände erhoben.

Was sollten sie auch tun? Sonst war niemand da. Trotzdem hatten die beiden Buben, als ihre Mannsglieder aufstanden und ihre Liebe begann, einen Verschlag hinter der Hütte gebaut und mit Säcken, die Eva geflochten und Abel mit der Wolle von seinen Schafen gestopft hatte, weich ausgelegt. Da schliefen sie zusammen und miteinander. – »Abel! Wo bist du?«, rief Kain; Kraft und Sehnsucht machten ihn ungeduldig. Da kam er, lächelte spitzbübisch, griff in Kains schwarze nasse Locken und zauste ihn, der ihn hochhob und küsste: ihn leidenschaftlich begehrend.

So lebten sie: Adam und Eva, Kain und Abel.

Abel

1

Der Bub war eher zartgliedrig und geschmeidig, kaum behaart, außer an den richtigen Stellen, hatte nicht schwarze Augen wie sein Bruder Kain, sondern goldbraune. Die machten ihn schön. Aber scharf waren sie. Keins der immer noch widerspenstigen Bergschafe entging ihm. Dennoch war er anlehnungsbedürftig und liebte es leidenschaftlich, in den Armen seines Bruders zu liegen, nachdem ihn Eva spät entwöhnt und schließlich auf einige Entfernung gehalten hatte, während Adam von Anfang an seiner Vertreibung aus dem Paradies nicht gedachte, wusste, dass ER auch eifersüchtig und neidisch war, und sie und Adam eines Apfels wegen daraus vertrieben hatte. Den Weg zurück hatten sie nie gefunden, stattdessen sich abgefunden mit ihrem jetzigen harten Leben.

2

Was aber, wenn der Herr des Gartens eines Tages doch käme?, fragte Abel eines Nachts seinen Bruder, in dessen Armen er lag. Sollten wir ihn dann nicht begrüßen? – Ja doch! Auch Kain erschien das richtig und sinnvoll, und so bauten sie anderntags zwei kleine Gabentische, auf denen jeder seine Gaben darbrachte: Kain Feldfrüchte, Abel aber ein neugeborenes, zugegeben kaum lebensfähiges

Lämmchen, und legten Feuer an, denn nur der Duft sollte aufsteigen, angenehm sein und verlocken. Von Abels Opfer stieg der Rauch leicht empor, jedoch Kains Gaben qualmten zur Erde hin, was ihn erboste: In einem Anfall von eifersüchtiger Wut schlug er mit einem Stein nach Abel. Abel war tot. – Was? Abel war tot! – Nein! Nein! Nein! – Kain riss Abel in seine Arme, küsste ihn über und über, wälzte sich mit ihm auf der Erde, schrie! Schrie! Schrie! Eva hörte es, kam aus der Hütte gelaufen, begriff halb schon, bevor sie sah, schluchzte tonlos und endlich weinte sie fassungslos und sank in die Knie. Adam, nichts Gutes ahnend, kam eilig vom Feld, sah Kain heulend liegen, blickte sich um, fragte: »Kain, wo ist dein Bruder Abel?« Und Kain stand auf, da lag der Leichnam unter ihm, und Kain stammelte: »Soll ich …? Ich sollte …? Soll nicht er, der Hirt …? Soll ich sein Hüter sein?« Und brach erneut nieder, verletzte sich aber die Stirn mit dem Stein, den er noch immer in der Hand hielt. Adam beugte sich nieder, fasste Kain an der Schulter, rüttelte ihn, halb heftig, halb sanft, und sagte zu ihm: »Kain, du musst aufstehen … Du kannst nicht …« – Kain sagte halb erstickt: »Ich weiß …!«, erhob sich, noch immer schluchzend, dann sagte er: »Hilf mir, ihn bergen.« Und Adam half Kain, seinen Sohn und dessen Bruder Abel zu waschen und auszulegen auf steinigem Grund, dann über ihm ein Mal aus Steinen zu errichten. Dann aber, nach Tagen, sagte er ihm: »Du musst gehen.« – »Ich weiß!«, sagte Kain, »Hier kann ich nicht leben, nicht leben! Ich kann nirgends mehr leben!«, nahm ein kleines Bündel, das er schon gepackt hatte, küsste die Hand Evas, die sie ihm, mit abgewendetem Gesicht weinend, überließ, küsste auch Adams Hände und ging: jenseit Eden. In dieser Nacht aber zeugten Adam und Eva Seth, der wiederum zeugte Enos und abermals Söhne und Töchter, und Enos zeugte Kenan, der wiederum den Mahalaleel zeugte und weitere Söhne und Töchter. Mahalaleel aber zeugte Javed, welcher seiner Schönheit und Ebenmäßigkeit halber berühmt ward. Der schöne Javed verführte zahllose Jünglinge, denn er wollte keinen Sohn zeugen, dass er einzigartig bliebe, doch verführte ihn eine rings im Land ob ihrer Zierlichkeit gefeierte Schönheit, die auch die nachmalige Abisag die Schöne, die Stängelblüte des Volkes Israel übertroffen hätte und gebar ihm den Henoch. Henoch war 65 jahre alt und zeugte Methusalah. Dann aber nahm ihn der Herr, als wäre er eifersüchtig, hinweg, und er ward nicht mehr gesehen, als wäre er Ganymed, den der hellenische Göttervater voll Leidenschaft in Gestalt eines riesigen Adlers von der Erde entführte. Methusala aber wurde alt, sehr alt – nein, nicht tausend Jahre, doch neunhundertneunundsechzig, und sein Sohn hieß Lamech. Der zeugte Noah.

Noah

1

In SEinem All lief aber doch noch alles am Schnürchen, sprich: nach den, wenn auch komplexen, mathematischen Gesetzen; das konnte ER an einem Finger SEiner Linken laufen lassen, was ER auch tat, und ER wollte weiterhin Anteil nehmen an dem, was IHm da unterlaufen war und IHn fesselte, weil es IHm irgendwie glich, Anteil an SEinem rasch sich vervielfältigenden Bild. Auf dem höchsten Gipfel des Ararat ließ ER sich oberhalb der Wolken nieder, die SEinen Blick nicht behinderten. Da war Handel und Wandel, sah ER, und Göttersöhne (nein, das waren nicht seine), paarten sich mit den Töchtern der Menschen, deren Nachkommen wurden großmächtige Tyrannen und gingen südwärts und bauten am Flusslauf des Euphrat aus tausenden, abertausenden Lehmziegeln eine Stadt, erst Ur, dann eine, die sie Babylon nannten, und darin einen Tempel, hoch und immer höher, dass der Turm, Zikkurat, bis in den Himmel und über die Wolken ragte. Das amüsierte ihn. ER schnippte mit dem Finger, und so hoch der Turm war, er stürzte ein, und eine Staubwolke breitete sich über das ganze Land aus. Doch Lug und Trug in allem Handel und Wandel, Bosheit und Niedertracht in allem Umgang und jeder Beziehung nahmen nicht ab, sondern zu, da reute es IHn, dass ER die Menschen gemacht hatte, und trauerte eine Sekunde der Ewigkeit in seinem Herzen.

SEin Ingrimm aber lautete: »Ich will die Menschen vertilgen, die ich geschaffen habe, vertilgen von der Erde vom Menschen an bis auf das Getier und bis auf das Gewürm und bis auf die Vögel unter dem Himmel; denn es reut mich, dass ich sie gemacht habe.« Aber Noah fand Gnade vor seinen Augen.

2

Noah war ein frommer Mann und führte ein gottgefälliges Leben zu seinen Zeiten und zeugte drei Söhne: Sem, Ham und Japhet. Und der HErr sprach zu Noah: »Die Erde ist voll Frevel. So habe ich sie nicht gemacht. Ich will die Frevler samt ihr verderben. Du aber mach dir einen Kasten von Tannenholz und mache Kammern darin und bestreich ihn mit Pech inwendig und auswendig.« Dann gab er die genauen Maße an und zuletzt sagte ER: »Denn siehe, ich will eine große Wasserflut kommen lassen auf Erden, und alles Fleisch, darin ein lebendiger Odem ist unter dem Himmel, soll untergehen. Aber mit dir schließ ich einen Vertrag: Du sollst in den Kasten gehen mit deinen Söhnen, mit deinem Weibe und mit deiner Söhne Weibern. Und du sollst in den Kasten tun von allem Fleisch je ein Paar, Männlein und Weiblein, dass sie lebendig bleiben bei dir. Von den Vögeln nach ihrer Art, von dem Getier nach seiner Art und von allerlei Gewürm nach seiner Art und von den winzigen Lebewesen gleichfalls je nach Art, ob Virus, Bazillus, Bakterie, auf dass sie leben bleiben, die Erde aber nicht wüstfällt. Und sollst Speise sammeln, dass Nahrung da sei.«

Und Noah tat, wie geheißen, und er ging mit seinem Weibe, seinen Söhnen und deren Weibern und mit allem Getier paarweise in den Kasten und verschloss ihn nach sieben Tagen. Nach dem siebenten Tag aber kamen die Wasser der großen Flut, als alle Brunnen der Tiefe sich auftaten, und alle Fenster des Himmels aufgingen, und ein Regen kam auf Erden vierzig Tage und vierzig Nächte. Die Wasser aber hoben den Kasten auf und trugen ihn selbst über die Berge, denn auch die wurden überspült, und alles Fleisch ging unter, das auf Erden kriecht, auch Vögel, auch Vieh und Getier und alles, was sich regt auf Erden, zusamt allen Menschen. Und alles, was einen lebendigen Odem hatte auf dem Trockenen, das starb. Alles ward vertilgt, was auf dem Erdboden war, vom Menschen an bis auf das Getier und Gewürm und die Vögel unter dem Himmel. Allein Noah und was in dem Kasten war, blieb übrig. Und das Gewässer stand auf Erden hundertundfünfzig Tage.

ER machte es sich wahrlich nicht leicht in SEinem Zorn, doch dann fiel IHm der Kasten ein und alles, was darin war, und ER ließ Wind auf die Erde kommen; die Wasser fielen; die Brunnen der Tiefe wurden zugetan zusamt den Fenstern des Himmels, und der Regen hörte auf. Der Kasten aber ließ sich nach sieben Monaten nieder auf das Gebirge Ararat, wo manche seine Reste heute noch suchen.

Noah tat die Luke am Kasten auf, die er gemacht hatte, und ließ einen Raben fliegen, der flog hin und wider, hin und wider, bis er eine trockene Stelle fand und nicht wiederkehrte.

Da ließ Noah eine Taube ausfliegen. Die aber fand nicht, da ihr Fuß ruhen konnte, und kehrte zurück zu dem Kasten. Noah tat seine Hand heraus und nahm sie herein. Nach sieben Tagen ließ er sie abermals fliegen, und sie kam abends zurück und trug einen Ölzweig im Schnabel. Nach abermals sieben Tagen sandte Noah sie wieder aus, doch sie kehrte nicht mehr zurück: Der Erdboden war getrocknet. Da tat Noah den Kasten auf, dessen Reste noch heute nicht nur auf Ararat, sondern nah der Stadt Mekka zu finden sind, und alle Menschen und alles Getier zusamt allem Geflügel verließen die Arche und dankten dem Herrn, der aber dachte in seinem Herzen: »Ich will meine Erde nicht mehr verfluchen der Menschen wegen. Deren Dichten und Trachten ist böse von Jugend auf. Sondern solang die Erde sich dreht, soll nicht aufhören Sommer und Winter, Frost und Hitze, Tag und Nacht.« Und zum Zeichen dessen setzte ER einen spektralfarben und lichtgebrochenen Regenbogen in die Wolken. Der aber erscheint auch nachmals in der gigantisch aufsteigenden Wolke über der Koralleninsel Bikini.

3

Auch Noah, sein Weib, seine Söhne Sem, Ham und Japhet und deren Weiber und Kinder gingen aus dem Kasten, und Noah wurde ein Landmann und pflanzte Weinberge, erntete die Trauben, seihte deren Saft durch grobe Tücher und ließ ihn vergären, dann aber besoff er sich daran und aalte sich nackig in seinem Zelt. Ham besoff sich ebenfalls, ging ins Zelt, sah ihn da liegen, und sein Mannesglied versteifte sich gleichfalls, und er aalte sich mit seinem Vater in Wollust, prahlte auch damit vor seinen Brüdern, die aber den Vater zudeckten, rückwärts gehend, damit sie seine Blöße nicht ansehen mussten, war sie gleich ansehnlich. Anderntags, als er wieder nüchtern wurde, erzählten sie ihm, schadenfroh und gehässig, von dem Vorfall. Da verfluchte Noah seinen Sohn Ham, den er doch liebte, und, aus purer Bosheit und eine Art Sippenhaft vorwegnehmend, auch dessen kleinen Sohn, sein Enkelkind Kanaan, zu Dienern der anderen Brüder. Das nachmals nahmen die Araber, die Söhne der Midianiter, zur Rechtfertigung, alle Hamiten, derer sie habhaft werden konnten im Lande Afrika, zu versklaven und zu verkaufen den Söhnen Brittanias, welches die Wellen regiert, die wiederum verschifften sie in die Neue Welt, wo ihre Nachkommen heute noch verachtet und unterdrückt werden.

Tharah

Wollte er vom Mondgott Sin nichts wissen? Der doch in Ur, der Hafenstadt, wo der Strom Euphrat ins Meer mündet, seit undenklichen Zeiten verehrt wird zusamt den Sternen am Firmament, das da genau beobachtet und vermessen wird, denn sie halten's für heilig. Oder bedachte er die Folgen dessen, was alle sahen, aber nicht wahrnahmen, dass nämlich der mündungsverzweigte Strom Euphrat immer gewaltigere Mengen Schlamm, Sand und Lehm daherwälzte, doch keine Steine, die es nicht gab, weshalb Ziegel in der heißen Sonne aus Lehm gebacken wurden, womit sie ihren Tempelberg errichtet hatten, darauf sie die heiligen Bahnen des Monds und der Planeten und mit ihnen der Menschen Schicksale für Geld berechneten, während Hafen und Handel verschlammten? Er jedenfalls, wohlhabender Herdenbesitzer, begann mit dem Verkauf seiner überaus zahlreichen Rinder und Schafe, den Erlös unauffällig in verschiedenen, von Priestern betriebenen Bankhäusern eintauschend in schöngearbeitete Schmuckstücke aus Gold und Lapislazuli, Amethyst und Beryll, die vom fernen Zagrosgebirge herkamen. Auch lud er oft seine gleichfalls gut situierten Söhne Abram, Nahor und Haran in seine wasserdurchflossenen grünenden Gärten am Stadtrand zu abendlichen Gesprächen. Mit ihnen auch Sarai, die Schöne, die Abram geheiratet hatte, auch Milka, die Tochter Harans, die ihren Onkel Nahor ehelichte und spät Großmutter Rebekkas wurde, auch Lot, seinen Enkelsohn, dessen Vater verstorben war.

Eines sternhellen Abends eröffnete er ihnen, er wolle stromaufwärts ziehen, und bot ihnen an, ihn zu begleiten. Er nämlich wolle in die drohenden Kriege Assurs und Babylons gegen Sumer, von denen er zuverlässig wisse, nicht verwickelt werden, sondern seinen Wohnsitz in die Stadt Haran im Norden verlegen, wo er eine Handelsniederlassung betreibe, die Kontakte bis nach Damaskus und ins gesegnet zu nennende Land Kanaan unterhalte. Alles sei vorbereitet und er könne ihnen behilflich sein, ihren Besitz flüssig zu machen, nur sollten sie sich rasch entscheiden, die Zeit, das spüre er, werde knapp.

Abram, sein Ältester, war mit seiner Unterstützung – das wusste er – enorm vermögend geworden, neigte jedoch zum Hintersinn, pflegte auch Umgang mit den Priestern auf dem künstlichen Tempelberg, Zikkurat geheißen, war jetzt aber jäh Feuer und Flamme für sein Vorhaben und Angebot, und nicht lange, so schiffte die Großfamilie sich auf mehreren flachen Flussschiffen mit Segeln und Treidelseilen stromaufwärts ein, und sie kamen nach wenigen Wochen an Babel vorbei nach Haran und wohnten dort. Tharah, erfolgreich, zufrieden und glücklich starb dort in hohem Alter, wenn es auch nicht 205 Jahre waren, wie es heißt, und wurde in einem Felsengrab zur letzten Ruhe gebettet in der Stadt, die noch heute, alt und nunmehr unansehnlich, an der Grenze zu Syrien besteht und, in Felsgräber eingeritzt, Sin, den Namen des Mondgotts bewahrt.

Abram

1

Abram, sein Sohn, der doch ein großer Herr mit weitreichenden Interessen bis hinunter nach Ägypten war – einerseits, neigte andererseits zu Grübeleien, um das Wort ›spintisieren‹ hier zu vermeiden. Schon in seiner Heimatstadt Ur stieß er sich des Öfteren an den Reden und dem Gehabe der Hohepriester des obersten Gestirngottes Nanna, das ihm allzu weltlich schien. Oder gab's für sein Unbehagen unausgesprochene, weitaus intimere Gründe? Hatte Tharah, der sich seine Gedanken machte, ohne sie zu äußern, recht? Sarai, Abrams junge Frau, eine strahlende Schönheit, wie sie sehr wohl wusste und ausspielte, hasste, ohne sich's einzugestehen, alles unvermittelt Körperliche. Liebkosungen schien sie zu dulden, keineswegs zu genießen. Zwar verweigerte sie Abram den Beischlaf nicht, aber gab sich nicht hin, sodass er auch für ihn zu einer Art Pflichtaufgabe, die er eher vermied, und keineswegs zur freudigen, erlösenden Hingabe wurde, die neuem Leben den Keim schuf.

War's da ein Wunder, dass Abram eines Abends in der kurzen Dämmerung einer hohen sternklaren Nacht eine Stimme vernahm? Es war die Stimme des HErrn, die ihm das Blaue vom Himmel versprach, wär Tag gewesen.

2

Geh aus deines Vaters Haus und von deiner Verwandtschaft in ein Land, das ich dir zeigen will. Und ich will dich zum großen Volk machen und will dich segnen und dir einen großen Namen machen, und sollst ein Segen sein, und in dir sollen gesegnet werden alle Geschlechter auf Erden.«

Abram war gleichsam entsetzt … Wessen Stimme hörte er da? Des Mondgotts, dessen Gestirn eben langsam und prächtig am Himmel heraufzog? Die eigene, die die verbannten und unterdrückten Wünsche aussprach, damit er selbst sie mit Bewusstheit wahrnehme? Das versuchte er abzuschütteln, doch nur für den Augenblick gelang ihm das.

3

Dennoch: Er wollte gen Süden und nahm sein Weib Sarai, die Schöne, und Lot, seines Bruders Sohn, mit all ihrer Habe, die sie gewonnen hatten und allen Seelen, die sie erworben hatten in Haran, und zog ins Mittagsland, doch da herrschte eine Teuerung. Die phönizischen Kaufleute in Sidon und Tyros kriegten einmal mehr den Hals nicht voll, will sagen ihre schönen Weiber nicht wie vordem Europa und nachmals Jesebel. So zogen sie weiter gen Süden bis nach Ägyptenland. Eh sie jedoch an die Grenze zur Provinz Gosen kamen, sagte Abram zu Sarai: »Liebste, tu mir einen großen Gefallen: Du weißt, wie schön du bist. Sobald dich die Ägypter sehen, werden sie sagen: Der da ist ihr Mann, und werden mich deinethalben umbringen. Wenn du einverstanden bist, sagen wir, du seist meine Schwester, dass ich doch am Leben bleibe.« Und ja, er hatte es richtig vorhergesehen: Die Ägypter waren bezaubert von Sarais Schönheit. Die hohen Offiziere Pharaos, der gerade Manöver abhielt, sahen sie und priesen sie vor ihm, und der Pharao sagte: »Bringt sie ins Frauenhaus! Gebt ihrem Bruder Rinder und Schafe und Esel, auch weiße Eselinnen, dazu Knechte und Mägde. (Unter denen war auch das zierliche Mädchen Hagar.) Und Abram zählte voll Genugtuung die Fülle, die da in seine geräumige Herberge gebracht wurde. Stockte auf einmal. Erschrak. Was machte er da? Er, geboren, erzogen und aufgewachsen in fürstlichem Haus, der Mangel seiner Lebtage nicht kannte? Er verkaufte seine Gemahlin für Vieh und dessen Knechte?

Er hieß seinen Haushälter anspannen, alles Gold, gemünzt und ungemünzt, das sie bei sich führten, in den Wagen schaffen und ihn zur derzeitigen Residenz des Pharao bringen. Nur dessen Oberster war präsent. Abram ließ ihn aufs Dringlichste bitten, der dieser mit solch glänzendem Nachdruck versehenen Bitte auch alsbald entsprach, Abram vorließ und nach dem Anlass des überraschenden, gleichwohl willkommenen Besuchs fragte. Abram sagte, ihm unbegreiflich müsse ein geradezu schreckliches Missverständnis geschehen sein, denn seine Gemahlin, die Fürstin Sarai, sei als seine, Abrams Schwester, ins Frauenhaus des erhabenen Herrschers geladen worden, welcher Einladung, deren Bedeutung nicht kennend, als einer Ehre sie auch gefolgt sei, doch müsse dies, nachdem Klarheit herrsche, alsbald rückgängig gemacht werden, zumal sie ehestens gemeinsam aufbrechen wollten zur Rückreise nach Damaskus und Haran.

Pharaos oberster Diener zeigte sich, nach einer sehr kurzen Denkpause, äußerst bestürzt, bat darum, ihn einen Augenblick zu entschuldigen, und ging, sein Ehrengeschenk mit sich tragend, aus dem Saal. Zeit verging. Auch außerhalb von Memphis waren die baulichen Anlagen Pharaos nicht bescheiden. Dann betrat Sarai, die Fürstin, den Saal, sah Abram und verharrte. Der stand auf, kniete nieder, erhob die offenen Hände zu Dank oder Bitte, beugte sich vornüber, legte Gesicht und Hände auf den glatt geschliffenen Stein, sagte »Liebste!« und verharrte so. Sie eilte auf ihn zu, hob ihn auf, umarmte ihn, und sie verließen den Palast, verließen zusammen mit Lot und allem Vieh und Gesinde, worunter das Mädchen Hagar war, Gosen, das Grenzland, und zogen hinauf gen Haran.

4

Gemach war die Reise, um nicht zu sagen: gemächlich. Rindvieh und Schafe hatten Kälber und Lämmer, der Tross war gewaltig, erst nach mehreren Monden gelangten sie unter gelegentlichen Strapazen ins Mittagsland und zu dessen guten Weideplätzen fürs Vieh. Doch es gab immer wieder Streit zwischen den Hirten über Abrams Vieh und den Hirten über Lots, dessen Habe nicht kleiner als Abrams war, bis es dem zu bunt wurde und er mit Lot sprach und sagte: »Lass doch nicht Zank sein zwischen mir und dir, zwischen deinen Hirten und meinen. Wir sind doch Gebrüder. Steht dir nicht alles Land offen? Scheide dich von mir. Willst du zur Linken, will ich zur Rechten, und willst du zur Rechten, geh ich zur Linken.«

Das leuchtete Lot ein, er betrachtete die ganze Gegend am Jordan und überlegte, denn damals war sie wasserreich bis nach Zoar hinauf und einem Garten gleich wie Ägyptenland. Also wählte Lot die Gegend am Jordan und zog gen Osten, und so schied sich ein Bruder vom anderen. Aber wenig bis nichts wussten sie über diesen damals gesegneten Landstrich. Der König Amraphel von Sinear, Arioch, der König von Ellasar, Kedor–Laomors, der König von Elam und König Thideals von Moab lagen im blutigen Streit mit Bera, dem König von Sodom, und mit Birsa, dem König von Gomorra, und mit Sineab, dem König von Adama, und mit Semeber, dem König von Zeboim, und mit dem König von Bela, das Zoar heißt. Die stritten im Tal Siddim widereinander, wo nun das Salzmeer ist. Denn sie waren zwölf Jahre unter dem König Kedor-Laomor gewesen und im dreizehnten Jahr waren sie von ihm abgefallen. Darum kam Kedor-Laomor und die Könige, die mit ihm waren, im vierzehnten Jahr und schlugen die Riesen zu Astharoth-Karnaim und die Susiter zu Ham und die Emiter in dem Felde Karjathim und die Horiter auf dem Gebirge Seir bis El-Pharan, das an die Wüste stößt gegen Morgen.

Danach wandten sie sich um und kamen an den Born Mispat, das ist Kades, und schlugen das ganze Land der Amalekiter, dazu die Amoriter, die zu Hazezon-Thamar wohnten. Da zogen aus der König von Sodom, der König von Gomorra, der König von Adama, der König von Zeboim und der König von Bela, das Zoar heißt, und rüsteten sich zu streiten im Tal Siddim mit Kedor-Laomor, dem König von Elam, und mit Thideal, dem König von Heiden, und mit Amraphel, dem König von Sinear, und mit Arioch, dem König von Ellasar: vier Könige mit fünfen.

Das Tal Siddim aber hatte viele Erdharzgruben und die Könige von Sodom und Gomorra wurden in die Flucht geschlagen und fielen da hinein, und was übrig blieb, floh auf das Gebirge. Da nahmen sie alle Habe zu Sodom und Gomorra und zogen davon. Sie nahmen auch mit sich Lot, Abrams Brudersohn, und seine Habe, denn er wohnte inzwischen zu Sodom, und sie zogen davon.

Da kam einer, der entronnen war, und sagte es Abram, dem Ausländer, der da wohnte im Hain Mamres, des Amoriters, welcher ein Bruder Eskols und Aners war. Die waren im Bunde mit Abram. Als Abram aber gehört hatte, dass sein Bruder gefangen war, wappnete er seine Knechte, dreihundertachtzehn, in seinem Hause geboren und ihm gehörig, und jagte ihnen nach bis gen Dan und teilte sich, fiel nachts über sie mit seinen Knechten und schlug sie und jagte sie bis Hoba, das zur Linken der Stadt Damaskus liegt, und brachte alle Habe wieder, dazu auch Lot, seinen Bruder, mit aller seiner Habe, auch die Weiber und das Volk.

Als er nun wiederkam von der Schlacht, kam ihm entgegen der König von Sodom, auch der König von Salem, Melchisedek, der brachte Brot und brachte Wein und sagte: »Du bist gesegnet.« Und der König von Sodom, als sie aßen, sagte: »Gib mir die Leute; die Güter behalte dir.« Und Abram sage ihm: »Beim höchsten Gott, der Sin gleich ist: Von allem, was dein ist, will ich nicht einen Faden, noch einen Schuhriemen nehmen, damit du nicht sagen kannst, du hättest Abram reich gemacht.«

5

Nein, reich nach allen Maßstäben war er wahrhaftig, was ihm fehlte, war ein Sohn, denn hätte ihm eins der ihm gehörigen jungen Weiber in seinem Tross einen Sohn, nicht immer nur Mädchen geboren, sie hätte, großtuend, ihn präsentiert. Es wussten doch alle, was das Kind ihm wert gewesen wäre, da die Fürstin, aus welchem Grunde auch immer, trotz all ihrer und ihrer Amme Mühen kinderlos blieb und ein legitimer Erbe folglich nicht mehr zu erwarten war. »Soll denn mein Haushälter mich beerben?«, dachte Abram verbittert und nahm sich immer jüngere Beischläferinnen, nicht wissend, dass sein Samen das Geschlecht des gezeugten Kindes bestimmte. Von der Fürstin sich zu scheiden, wäre ihm Frevel erschienen. Sie, unter vielen wohlmeinenden, gleichwohl qualvollen Ratschlägen, vernahm auch von einem Brauch, einer Leihmutterschaft vergleichbar, wonach ein Kind, geboren auf dem Schoß einer Kinderlosen, als deren Kind gelten könne. Das konnte ihre Rettung sein, wenn das so Geborene gezeugt wäre von Abram und so dann auch ihres wäre. Ihr fiel auf, wie das ägyptische Mädchen Hagar, das sie deren kosmetischer Künste wegen zu ihrer Dienerin gemacht hatte, aufblühte in eigener junger Reife und Schönheit, und schickte sie unter einem bedeutungslosen Vorwand abends zu ihm in sein Zelt. Ihre Absicht gelang, aber besser, als von ihr geplant, denn Abram, so schien es ihr, fiel in einen Rausch, den weder er noch sie bislang an ihm erlebt oder gekannt hatten. Hagar blieb diese Nacht und ungezählte weitere Nächte in seinem Zelt, schenkte in angemessener Zeit einem kräftigen Söhnchen das Leben, das nach ägyptischer Sitte aus Gesundheitsgründen an seinem Fleisch beschnitten wurde: was Abram selbst und alles, was männlich war in seinem Gefolge, ob frei- oder unfreiwillig, übernahmen, danach auch alle Nachkommenschaft. Das Kind ward geheißen Ismael.

6

Wie es der Fürstin und ihrer kräuterkundigen Amme gelang, Abram wieder zum Beischlaf mit ihr zu bewegen, sei dahingestellt, genug: Es gelang, und endlich, endlich empfing sie und genas nach äußerst schonender Schwangerschaft eines zarten empfindlichen Knäbleins, und sie nannten es Isaak: das lachende Gottliebchen. Als Isaak entwöhnt ward, da machte Abram ein großes Festmahl. Ismael aber, der wohl wusste, was der Erbe für ihn bedeuten würde, machte sich lustig über gewisse Alterserrungenschaften, und wo die wohl herkämen. Sarai hörte es und verlangte von Abram, dass er Hagar, die Unfreie, und ihren Sohn austreibe, was der ohne jede Rücksicht auch tat, und zwar in die Halbwüste. Der HErr, den Hagar verzweifelt anrief, als Ismael verschmachtete, sandte einen Boten, der ihr als Falke eine Quelle, ein dünnes versickerndes Wasserrinnsal wies und Ismael als mächtigen Stammherrn der Wüstenvölker, wie etwa der Midianiter, grüßte. Die würden einst Joseph aus der Grube befreien und nach Ägypten verkaufen.

7

Und wieder hörte Abram Stimmen, er müsse sein Liebstes opfern, nahm also Isaak, seinen Sohn und zog mit ihm ins Land Morija und stieg auf die Höhe wie auf ein Zikkurat, häufte oben Steine zu einer Art Altar, band seinen zarten Sohn, legte ihn darauf nieder und hob das Messer, da fiel ihm derselbe Bote in den Arm und hinderte ihn, ihm mitteilend, er und sein Sohn würden Stammväter vieler Völker und zu deren Segen sein. Also befreite Abram seinen Sohn von den Fesseln, und sie kehrten fröhlich zurück bis nach Beer-Seba, wo Abram gesagt wurde, Milka, die Frau seines Bruders Nahor, habe auch Kinder geboren, nämlich Uz und Bus und Kemuel, der zum Vater der Syrer wurde, und Chesed und Haso und Phildas und Jedlaph und Bethuel. Bethuel aber zeugte Rebekka. Acht Söhne gebar Milka dem Nahor, dem Bruder Abrams, in Haran, der Stadt.

Sarai aber, die Fürstin, in ihrer Jugend Abram folgend aus Ur, starb zu Hebron im Lande Kanaan, und er beklagte und beweinte sie bitterlich. Aber danach redete er mit den Kindern von Heth, welches sind die Hethiter und bat um die zwiefache Höhle zu Mamre. Er wollte sie kaufen von Ephron, dem Hethiter, zum Erbbegräbnis und tat es für vierhundert Lot Silber, begrub da Sarai und heiratete ein Weib namens Ketura, die ihm in seinem hohen Alter vier Söhne gebar, Stammväter der Assuriter, Letusiter und Leumiter, und ward alt und starb. Seine Söhne aber, Ismael und Isaak, bestatteten ihn in der Höhle zu Mamre, solchermaßen vereint für immer mit seiner Halbschwester Sarai, seiner Gattin und Fürstin, die mit ihm heraufgezogen war aus der Stadt Ur nach Haran, der Stadt, und nach Kanaan ins Mittagsland und hinunter bis nach Ägyptenland.

Eliezer, der Knecht

Einen Namen trägt er nicht in dieser eingeschobenen Novelle, die seine erfolgreiche Werbung um ein Weib für den Sohn seines Herrn in der Stadt Haran schildert. Hier erhält er den Namen Eliezer, den Knechte des Öfteren trugen, wiewohl er als fürstlicher Haushälter und Verwalter über alles Eigentum Abrams gesetzt ist. Problematisch ist nicht er, sondern Abram, dem Eliezer schwören muss, dass er für Isaak, seinen Sohn, um ein Weib werbe, doch nicht um ein kanaanäisches, sondern er solle hinauf nach Haran, der Stadt, ziehen und sich dort umsehen. Finde er keine, die ihm passend deuche, so sei er seines Schwurs quitt, ohne zu sagen, wo er dann eine passende Braut für Isaak suchen solle. Auf keinen Fall aber solle er Isaak nach Haran bringen, wofür er jedoch keine Begründung gab. Befürchtet er, Isaak, der nie und nimmer ein zuverlässiger Viehzüchter, Landmann und Krieger wird, würde in Haran bleiben, sodass Schluss wäre mit dem begehrten Land Kanaan, dessen Töchter höchst unerwünscht sind? Denn würde Isaak da heiraten, wäre er ansässig im Land Kanaan und die Verheißung erfüllt. Eliezer gibt zu bedenken, dass möglicherweise keine der in Frage kommenden Mädchen mit ihm, einem Unbekannten, aus Haran in ein unbekanntes Land ziehen wolle, um dort einen Unbekannten zu heiraten. Dann bist du deines Schwurs quitt, sagt Abram, ohne zu erklären, wo Isaak oder er, der Knecht, dann um ein Weib werben sollten. Noch, wie in Ur-Zeiten, ist Haran für Abram, auch wenn er sich das nicht klarmacht, eine Stadt der Wunsch-Erfüllung.

Also zog der Knecht hinauf auf Kamelen, welche damals noch nicht gezähmt und gezüchtet waren, nach Haran, der Stadt Tharahs und seines Sohns Nahor, Bruder Abrams und Halbbruder Sarais. Vor der Stadt ließ er die Kamele sich lagern an einem Brunnen und wartete auf den Abend, wenn die Weiber kämen, um Wasser zu schöpfen, und redete stumm den Gott seines Herrn nach Art seines Herrn an: »Siehe, ich stehe hier bei dem Brunnen, und der Leute Töchter in dieser Stadt werden herauskommen, Wasser zu schöpfen. Wenn nun eine kommt, zu der ich spreche: Neige deinen Krug und lass mich trinken, und sie sprechen wird: Trinke, ich will deine Kamele auch tränken: – das sei die, die du deinem Diener Isaak beschert hast, und daran werde ich erkennen, dass du Barmherzigkeit an meinem Herrn getan habest.

Und ehe er ausgeredet hatte, siehe, da kam heraus Rebekka, Bethuels Tochter, der ein Sohn der Milka war, welche Nahors, des Bruders Abrams, Weib war, seine Schwägerin also, und trug einen Krug auf der Achsel. Und sie war ein sehr schönes Mädchen von Angesicht, noch Jungfrau: keinen Mann hatte sie erkannt. Die stieg hinab zum Brunnen und füllte den Krug und stieg herauf. Da lief ihr Eliezer entgegen und sagte: »Lass mich ein wenig Wasser aus deinem Krug trinken.« Und sie sagte: »Trink, fremder Herr!« Und ließ den Krug nieder auf ihre Hand und gab ihm zu trinken.« Als er getrunken hatte, sagte sie: »Ich will deinen Kamelen auch schöpfen.« Und eilte und goss den Krug in die Tränke und lief und schöpfte, bis alle seine Kamele gesoffen hatten. Da nahm er einen goldenen Reif, ein halbes Lot schwer, und zwei Armringe aus Gold, zehn Lot Goldes schwer jeder, und sagte: »Wes Tochter bist du? Haben wir vielleicht Raum in deines Vaters Hause zu herbergen?« Sie sagte: »Ich bin Bethuels Tochter, des Sohns der Milka, den sie dem Nahor geboren hat. Es ist auch viel Stroh und Futter bei uns und Raum genug zur Herberge.« Da verneigte sich Eliezer und sagte: »Gott Lob! Er hat mich den Weg geführt zum Hause des Bruders meines Herrn.«

Sie aber lief und sagte es an in ihrer Mutter Haus. Rebekka hatte einen Bruder, der hieß Laban, war jung und weltläufig und sah den Reif und die Armringe an seiner Schwester Händen und ging hinaus zum Brunnen und sagte: »Komm doch herein! Was stehst du draußen? Ich habe Platz gemacht im Haus und für die Kamele im Stall.« Und führte den Mann ins Haus und zäumte die Kamele ab und gab ihnen Stroh und Futter und holte Wasser zu waschen seine Füße und die Füße der Männer, die mit ihm waren, und setzte ihm Essen vor.

»Nein«, sagte Eliezer, »ich will nicht essen, eh ich nicht meine Sache vorgebracht habe.« – »So sag!«, antworteten sie. – »Ich bin Vermögensverwalter Abrams, der ein großer Herr war in dieser Stadt und größer geworden ist, seit er auszog, an Schafen und Rindern, Silber und Gold, Gesinde und Vieh. Sarai, die Fürstin, seine Gemahlin, gleichfalls aus Haran, hat ihm im hohen Alter einen Sohn geboren, dem er allen Besitz übermacht hat, und hat von mir einen Eid genommen, seinem Sohn kein Weib zu nehmen von den Töchtern der Kanaaniter, sondern ein Weib aus dem Hause Tharahs zu Haran hier, der Stadt. Und ich sagte: wenn sie aber nicht folgen will? Und er sagte: Ein Bote, unsichtbar, wird dich begleiten und er wird helfen, dass du ein Weib findest aus meiner Verwandtschaft und aus meines Vater Haus. Alsbald sollst du deines Eides quitt sein. Geben sie sie dir nicht, alsbald bist du gleichfalls deines Eides quitt. So kam ich heute zum Brunnen vor Haran, der Stadt. Und da kam Rebekka zum Brunnen, schöpfte Wasser und gab mir zu trinken und tränkte auch die Kamele, da fragte ich sie, wes Tochter sie sei, und sie antwortete: Ich bin Bethuels Tochter, der ein Sohn ist Nahors, den ihm Milka geboren hat, und so legte ich einen Reif an ihre Stirn und Armringe an ihre Hände. Seid Ihr nun die, so an meinem Herrn Treue und Freundschaft beweisen wollen, so sagt mir's, wo nicht, sagt mir's auch, dass ich mich wende zur Rechten oder zur Linken.«

Laban und Bethuel sprachen: »Das kommt von oben; wir können dir keine Gegenrede geben, weder Böses noch Gutes; hier steht Rebekka vor dir, nimm sie und zieh hin.« Da bückte sich Eliezer und zog hervor silberne und goldene Kleinode und Kleider, aber ihrer Mutter und ihrem Bruder gab er köstliche teure Würze aus Ägyptenland. Und er aß und trank samt den Männern, die mit ihm waren, und blieb über Nacht.

Am Morgen stand er auf und sagte: »Lasst mich ziehen zu meinem Herrn. Ihr wisst, er ist alt und soll die Freude erleben.« Aber ihre Mutter und Laban sagten: »Lass sie doch wenige Tage noch bei uns bleiben.« Aber er sagte: »Nein, lasst mich ziehen.« Und sie sagten: »Lasst uns Rebekka rufen und sehn, was sie sagt.« Und sie fragten sie: »Willst du mit diesem Mann ziehen?« Und sie antwortete: »Ja.« Also ließen sie Rebekka ziehen samt ihrer Amme mit ihm und seinen Leuten, und sie segneten Rebekka und sagten: »Liebe Schwester, wachse vieltausendmaltausend! Deine Kinder und Enkelkinder sollen die Tore deiner Feinde besitzen!« Und sie machte sich auf mit ihrer Amme und ihren Mägden, sie setzten sich auf die Kamele und zogen Eliezer nach.

Isaak kam vom Brunnen der Hagar, denn er war ausgegangen, um zu beten am Abend, da sah er die Kamele. Und Rebekka sah unterm Schleier Isaak, stieg eilends vom Kamel und fragte Eliezer: »Wer ist der Mann, der uns da entgegenkommt?« Der antwortete: »Das ist mein Herr.« Da nahm sie den Mantel und verhüllte sich. Eliezer aber erzählte Isaak alles und wie es gelaufen war bis hierhin. Da führte Isaak Rebekka in das Prachtzelt seiner Mutter, der Fürstin Sarai, und sie tat den Mantel ab, er aber hob ihren Schleier auf und küsste sie auf die Lippen, und sie ward sein Weib, und er gewann sie lieb und ward getröstet über seine Mutter.

Aber Abram nahm ab und starb lebenssatt. Seine Söhne Ismael und Isaak bestatteten ihn in der Höhle zu Hebron, dem erworbenen Erbbegräbnis. Ismael aber wohnte von Hevila an in der Wüste bis gen Sur vor Ägypten und bis wo man nach Assyrien geht.

Isaak aber betete für sein Weib, denn Rebekka blieb kinderlos, und das ängstigte ihn: Sollte sein Same unfruchtbar sein? Auch Eliezer starb, der sein Stecken und Stab gewesen war. Zeit verging.

Esau

Isaak ließ sich nach der Geburt der Zwillinge ein schmales hohes Haus errichten, worin er allein lebte, betreut von einer alten wortkargen Bedienerin, während Rebekka, die eine unermüdliche Schafferin war, Stallungen, Scheunen, Vorratshäuser und ein breitgelagertes Wohnhaus, dessen Zentrum die geräumige Küche war, errichten ließ. Das Gesinde wohnte in hinteren Kammern, wie auch die Zwillinge, die nicht die Herrschaft hervorkehren sollten. Von hier aus regierte Rebekka unumschränkt.

Zwillinge? – Die gebar sie nach langen Jahren, in denen Isaak stumm, weil unsäglich litt, da er fürchtete, sein Same sei lebloser Saft. Dann aber doch: Rebekka wurde schwanger; ihr Bauch schwoll und schwoll; sie trug, wie alsbald zu sehen war, Zwillinge: eine schwere Schwangerschaft und eine schwierige Geburt. Der erste, der herauskam, war über und über bedeckt mit feinem rötlichem Flaum. Ihn, der schrie wie am Spieß, nannten sie Esau. Danach kam sein Bruder; der war schmal und hielt mit seinem Händchen die Ferse seines Bruders. Ihn nannten sie Jakob. Und als die Knaben groß wurden, ward Esau ein Wildling und Jäger, der durch Felder und Auen streifte. Jakob aber blieb auf dem Hof und den Weiden, denen die Brunnen, die Isaak hatte graben lassen, Wasser spendeten, und er betreute die Lämmer – wie gern nahm er sie auf den Arm!

Isaak liebte Esau, der ihm seine Kraft bewies, und liebte das kräftige Wildfleisch, das er ihm so oft brachte. Rebekka liebte Jakob mehr, der ihr wirtschaften half und ein guter Rechner war, wohl auch berechnend, wie sich eines Tages zeigte, als Esau müde und hungrig von der Jagd kam, und Jakob am Herd stand und eine neue Mischung von Kräutern für ein Gericht mit Linsen probierte. Esau sagte: »Hm, das riecht lecker, gib mir einen Teller, ich hab gewaltigen Hunger!« Jakob sagte: »Setz dich! Und gib mir dein Recht der Erstgeburt dafür. Versprochen?« – »Erstgeburt? Was soll mir die denn? Sterben muss ich eh, du kannst sie haben, versprochen!« – »Schwörst du?« – »Ich schwör's! Aber am besten gibst du mir gleich die ganze Schüssel.« Was Jakob mit Vergnügen tat: Jetzt war er der Ältere, Erstgeborene und Erbe des väterlichen Segens, woran Esau entfernt nicht gedacht hatte, aber ihm auch egal war. Kein Segen brachte ein Tier zur Strecke, das tat immer noch er!

Gleichwohl, als er seinem Vater das nächste Mal Wildbret brachte, fragte er die Bedienerin, was es denn mit der Erstgeburt und deren Segen auf sich habe, und die sagte ihm, das sei der Segen Abrams und seines Gottes, gewaltiger wirksam als alle Zaubersprüche, von denen sie viele kenne, aber mit ihm seien Verheißung und Gewähr des Glücks in der Zukunft vom obersten Gott verbunden, gelte aber nur für den ältesten Sohn. »Gut! Gut!«, rief Esau aus, warf ihr das gehäutete und ausgenommene Rehkitz zu und stürmte die Treppe empor, zu Isaak in den Raum, kniete vor ihm nieder und bat um seinen Segen. – »Wie? Was?«, Isaak war verwirrt. »Warst du nicht eben …? Ich habe dich doch … Du hast meinen Segen doch!«, stammelte Isaak. Die Bedienerin stand keuchend in der Tür, war mühsam die Treppe emporgestiegen. »Jakob war eben hier!«, sagte sie. – »Ich habe doch …!«, wiederholte Isaak. Dann sagte er: »Ich habe nur einen Segen, den hast du!« – »Habe ich nicht, Vater! Vater …!« Der große und starke finstere wilde Mann brach in Tränen aus, stand auf, schluckte, sagte tonlos: »Ich bring ihn um!«, während er dröhnenden Schritts die steile Treppe hinabstieg.

Jakob

1

Wir haben den wendigen Muttersohn schon kennengelernt, und er hatte keine Bedenken, Rebekkas Betrug mitzutragen, als sie ein Rehkitz schlachtete, es nach Esaus Art zubereitete, in eine Schüssel mit scharfer Soße füllte, sein noch blutiges Fell Jakob um beide Arme band, um Esaus Rauheit vorzutäuschen, und ihm die Schüssel gab und sagte: »Bring das deinem Vater und bitte um seinen Segen! Der gebührt dem Erstgeborenen. Dessen Recht hast du, aber dein Vater versteht das nicht. Mach es so, und komm schnell zurück!« Was Jakob tat. Sie hatte bereits ein Bündel für ihn gepackt, küsste ihren Sohn, sagte: »Rasch! Und grüß meinen Bruder Laban von mir in Haran! Er soll auf dich achtgeben!«, küsste ihn abermals und jetzt unter Tränen. Jakob ging!

2

Ein gebahnter Weg war's nicht, den er seitab ging, damit ihn sein Bruder nicht aufspüren könnte, wie er fürchtete, und ging noch, als schon die Sonne untergegangen war, und die Nacht einfiel, machte Rast endlich, aß und trank ein wenig aus dem Bündel, das ihm die Mutter gegeben hatte. Dann nahm er einen flachen Stein, der da lag unter einem Baum, als eine Art Kopfkissen und schlief auf der Stelle ein.

Ihm träumte, eine Leiter stünde da bis in den Himmel, an der stiegen geflügelte Wesen als wären es Insekten auf und nieder, dass ihn im Schlaf noch halb grauste. Oben war da ein Lichtschein vom halben Mond, wie er geschienen hatte zu Ur, und er glaubte, eine hohe sirrende Stimme zu hören, die sprach vom Segen, den er erschlichen, der doch durch ihn und seine zukünftige Nachkommenschaft aller Welt gelten solle.

Er erwachte in erster Morgenfrühe und schauderte. War es der Gott Abrams, den er geträumt? Und nahm den Stein und pflanzte ihn aufrecht als ein Zeichen und Mahnmal und ging weiter in das Land, das gegen Osten liegt, und sah sich um.

3

Esau aber, der ihn in seiner Wut umbringen wollte, verfehlte ihn, ging in die falsche Richtung und gelangte nach Edom, ins rote Land, und er blieb dort, nahm auch ein Weib aus Ismaels Sippschaft. Von ihm stammen ab die Edomiter.

4

Gutes Weideland sah Jakob weithin bis an die Tore Harans, der Stadt, und sah vor dem Tor einen Brunnen, dessen Eingang war verschlossen mit einem schön behauenen Stein, dort rauschte die Brunnenstube. Und drei Schafherden lagen davor, denn hier sollten sie getränkt werden.

»Ihr Männer, lieben Brüder!«, sprach er sie an, »Weshalb tränkt ihr die Schafe nicht? Wo seid ihr denn her?« – »Aus Haran, der Stadt«, sagten sie. Und er fragte: »Kennt ihr denn Laban, des Nahors Sohn?« – »Den kennen wir gut«, sagten sie. »Wir warten auf Rahel, seine Tochter, mit den Schafen.« – »Es ist doch noch hoher Tag und nicht Zeit, das Vieh einzutreiben«, sagte er, denn er kannte sich aus damit. »Also tränkt sie und geht wieder auf die Weide mit ihnen.« – »Das können wir erst, wenn alles Vieh da ist, denn dann wird der Stein weggeschoben, der Brunnen aufgetan und die Schafe getränkt. – Und da kommt sie, Rahel.« Fröhlich, einen bunten Strauß Blumen im Arm, kam sie vor den Hirten und Schafen ihres Vaters. Und Jakob ging und schob den Stein vom Brunnen, dass die Schafe getränkt würden, trat zu Rahel, weinte und sagte ihr, er sei ihres Vaters Schwestersohn, dessen Schwester Rebekka nämlich sei seine Mutter, und er küsste Rahel. Da lief sie und sagte es ihrem Vater an. Als Laban hörte, seiner Schwester Rebekka Sohn sei am Brunnen, lief er ihm entgegen, küsste ihn und führte ihn in sein Haus. Und Jakob erzählte ihm, wie es kam, dass er nach Haran, der Stadt, gekommen sei. Laban aber vertraute alle seine Hirten und Herden Jakobs Aufsicht an. Aber nach eines Monats Frist sagte er: »Wir sind zwar eng verwandt, aber dass du deshalb ohne jedes Entgelt Aufsicht über meine Hirten und Herden führst, ist nicht recht. Sag mir, was du haben willst.«

Jakob bat zwar nicht um Bedenkzeit, doch schwieg er eine Weile, wie um die Schwere seiner Forderung hervorzuheben. Laban nämlich hatte zwei Töchter: Die ältere hieß Lea, die jüngere war Rahel, und beides waren sehr schöne Mädchen, nur dass Lea kurzsichtig war, was ihrer Schönheit Abbruch tat. Aber Jakob sagte: »Ich will dir sieben Jahre um Rahel dienen.«

Laban antwortete nicht sofort, dann sagte er mit einem beinah verkniffenen Lächeln: »Es ist besser, so scheint mir, ich gebe sie dir als einem anderen. Gut so?« Und Jakob diente sieben Jahre um Rahel, die kamen ihm vor wie sieben Tage, so lieb hatte er sie. Doch, wie sich zeigen sollte, fand Jakob, der doch ein guter Rechner war, in Laban seinen Meister, denn als die sieben Jahre um waren, und Jakob zu Laban sagte: »Und ich hab dir gedienet sieben Jahr, nun ist es Zeit, dass Rahel die meine wird«, stimmte Laban zu, richtete in Haran, der Stadt, ein großes Hochzeitsfest aus; der Wein floss in Strömen wie nachmals zu Kana, und Laban führte seine Tochter Lea Jakob zu, und der ging ein zu ihr. Doch am Morgen war sie es: Lea. – Lea? – Ja, Lea!

Jakob war schlagartig nüchtern. Er warf sich ein Tuch um und suchte Laban, fand ihn im hintersten Pferch und sagte: »Warum hast du mir das angetan? Sieben Jahre hab ich dir gedient um Rahel, und jetzt betrügst du mich?!« – »Nu …«, sagte Laban, »Hierzulande ist es nicht Sitte, dass man die Jüngere vor der Älteren verheiratet. Halt eine Woche aus mit ihr, das wirst du doch wohl können, dann geb ich dir

Rahel, vorausgesetzt, dass du weitere sieben Jahre für mich arbeitest.« Jakob stand da vor Laban – das Tuch ließ er achtlos fallen – und überlegte. Längst war er kein Jüngling mehr, sein Vater Isaak gestorben, sein Bruder Esau verschollen, seine Mutter Rebekka verbittert und einsam. Weitere sieben Jahre? Ging Rahel da vorbei, Blumen im Arm? Ihm war so. Er bückte sich, hob das Tuch auf, schlang's um die Hüften und ging zurück ins Haus.

Schnurstracks ging er in seine Wohnung und in die Schlafkammer. Lea lag da und weinte. Jakob riss sich das Tuch vom Leib und warf sich auf sie. An diesem Tag empfing sie ihren ersten Sohn: Ruben. Tatsächlich aber hielt Laban Wort und gab ohne Feier und wie nebenbei Jakob nach einer Woche seine jüngere Tochter Rahel in kurzer Zeremonie zur Frau, und sieben weitere Jahre diente er Laban, sprich: war Herr über dessen Herden.

5

Die Weiber in Labans Haus gaben jedoch nachts Jakob zu tun. Rahel, obwohl Jakob es an nichts fehlen ließ, wurde nicht schwanger, besann sich des alten Brauchs, eine Schwangere auf ihrem Schoß gebären zu lassen, sodass das Kind ihr zugerechnet würde, und gab ihm ihre leibeigene Magd Bilha ins Bett, die er alsbald schwängerte. Doch auch Lea, die ihm bereits vier Söhne geboren hatte, hatte eine ihr gehörende Magd, Silpa, die sie Jakob ins Bett gab, und auch die wurde schwanger, sodass sie ihm nicht länger beiliegen konnte, und Lea wiederum ihren Platz einnahm und ihm zwei weitere Söhne und eine Tochter gebar, ehe nun Rahel doch schwanger wurde und gebar Joseph.

6

Doch nun war Jakobs um Rahels willen Dienstzeit bei Laban um, und er sagte zu ihm: »Lass mich ziehn zurück in meine Heimat und zu meiner Mutter, Deiner Schwester Rebekka. Gib mir meine Weiber und meine Kinder; wie ich dir gedient habe, weißt du.«

»Ich weiß«, sagte Laban, »und ich weiß, dass der Gott Tharahs, Nahors und Bethuels uns gesegnet hat, also sag, was ich dir schuldig bin.« – »Nein«, antwortete Jakob, »du bist mir nichts schuldig. Aber du weißt, was du für Vieh hast unter mir. Als ich herkam, war's wenig. Jetzt aber ist es die Menge. Aber wann soll ich auch mein Haus versorgen?« Und Laban sagte: »Was soll ich dir also geben?« Jakob sagte: »Du sollst mir gar nichts geben. Geh mit mir durch die Herden. Und wir suchen alle raus: die gefleckten und die bunten und schwarzen Schafe und so auch die Ziegen. Die sind alle dein. Einen Sommer hüte ich noch, was da schwarz, bunt und gefleckt fallen wird, die sollen dann mein sein.« – »Gut, so machen wir's«, sagte Laban. Und ging hin und sonderte die sprenkligen und bunten Böcke und alle gefleckten und bunten Ziegen, wo nur was Weißes an ihnen war, und alles, was schwarz war unter den Lämmern und machte Raum drei Tagesreisen zwischen sich und Jakob. Also weidete Jakob die übrigen Herden Labans.

Schon als er jung war, hatte er die Schafe gehütet und kannte sie wahrlich. So nahm er jetzt Stäbe von grünen Pappelbäumen, Haseln und Kastanien und schälte weiße Streifen daran, dass an den Stäben das Weiße bloß war, und legte die Stäbe in die Tränkrinnen vor die Herden, die kommen mussten, zu trinken, und dass sie da empfangen sollten, wenn sie zum Trinken kämen. Also empfingen die Herden über den Stäben und brachten Sprenklige, Gefleckte und Bunte, und diese Lämmer schied Jakob von Labans Lämmern und machte seine eigene Herde. Wenn aber die Frühlingsherde läufig wurde, legte er die Stäbe in die Rinnen vor die Augen der Herde, dass sie über den Stäben empfingen, aber nicht bei den Spätlingen, also wurden die Spätlinge Labans, aber die Frühlinge Jakobs. So wurde er über die Maßen reich, dass er viele Schafe, Mägde und Knechte hatte.

Laban aber ging, seine Herden zu scheren, da nahm Jakob die seinen, nahm seine Weiber und Kinder, Knechte und Mägde, setzte über den Strom Euphrat und ging nach dem Gebirge Gilead. Laban, als er es drei Tage später bei seiner Heimkehr erfuhr, rief seine Brüder, und sie setzten ihm nach bis Gilead. Dort aber hatte er nachts einen Traum als vom Gott Nahors und Tharahs, er möge sich hüten und nur Gutes reden mit Jakob. Das erschreckte ihn, war er doch kein frommer Mann, traf anderntags Jakob friedlich und sagte:

»Warum hast du mich getäuscht und hast meine Töchter entführt und dich fortgestohlen und warum hast du meine Götter genommen, sie also gestohlen?« Jakob sagte: »Ich habe befürchtet, du würdest deine Töchter und Enkel nicht ziehen lassen, aber gestohlen habe ich nichts. Bei wem du deine Götter findest, der sterbe durchs Schwert hier und jetzt.« Er wusste nicht, dass Rahel sie gestohlen hatte. Also suchte Laban in allem Gepäck, fand aber nicht, was er suchte. Rahel versteckte sie unter dem Sattel, setzte sich darauf, und als Laban ins Zelt kam, sagte sie, er möge entschuldigen, wenn sie nicht aufstehe, es gehe ihr nach der Weiber Weise.

Aber Laban sagte zu Jakob: »Der Gott Abrams und der Gott Nahors, der der Gott Tharahs ist, sei Richter, dass Friede ist zwischen dir und mir.« Und Jakob schwor beim Gott seines Vaters Isaak, dass Friede sei, und lud seinen Schwiegervater und seine Schwäger zum Essen. Morgens aber stand Laban früh auf, küsste seine Töchter und Enkel und zog mit seinen Brüdern zurück nach Haran.

7

Auch Jakob zog seines Wegs. Eine Schar Engel begegnete ihm. Ihr schönen Knaben, wo kommt ihr her? Ihr schönen Knaben, wo geht ihr hin?

Jakob schien aber nicht verwundert, denn er hatte Angst vor Esau und schickte Boten zu ihm, er wolle Gnade finden vor seinen Augen. Der ließ ihm sagen, auch er ziehe ihm entgegen mit vierhundert Mann. Da schickte er eine Herde Ziegen Esau entgegen, danach aber eine Herde Schafe, danach Kühe, danach Eselinnen, alle getrennt, alle für Esau, und umgab sich mit vierhundert Hirten, die Streitigkeiten gewohnt waren. Und doch hatte er Angst, stand auf in der Nacht und nahm seine vier Weiber und seine elf Kinder und führte sie über die Furt des Jabokk, dass sie nicht gefährdet wären.

Er blieb allein. Da kam ein Mann aus dem Dunkel und griff nach ihm, als wär er ein Weib, und rang mit ihm, konnte ihn jedoch nicht bezwingen; schon schien die Morgenröte. Da ließ der Mann ab, versetzte ihm jedoch noch einen Schlag auf die Hüfte. Seither hinkte Jakob. Und der Mann fragte ihn, wie er heiße. Jakob nannte seinen Namen. Ab heute heißt du: Israel, sagte der HErr, denn du hast mit Gott gerungen.

So ist Jakobs Nachkommenschaft das Volk Israel und ringt mit Gott – bis heute.

Joseph

Jakob liebte Joseph, denn in diesem Jungen, der, nebenbei gesagt, ausnehmend hübsch war, lebte für ihn die unmittelbare Erinnerung an Rahel. Dessen jüngerer Bruder Benjamin, den Jakob später als einen ›Wolf‹ charakterisieren würde, bedrückte ihn unwillentlich, denn bei seiner Geburt war Rahel gestorben. Joseph aber war nicht nur hübsch, er war auch aufgeweckt, neugierig, eingebildet und eitel. Jakob dachte darüber nicht nach, merkte auch nicht, wie er Joseph nach Strich und Faden verwöhnte. Höhepunkt war ein farbiger phönizischer purpurgefütterter Mantel, den er von einem reisenden Händler für sündhaft teures Geld dem Jungen kaufte. Der tat ihn um, und dass er nicht auch noch in ihm schlief, war sozusagen alles. Damit stolzierte er vor den Brüdern herum, wenn die von den Viehweiden kamen. Dann erzählte er ihnen auch Geschichten, die er erfand, aber sie nicht im geringsten interessierten, während sie ihr Rauchfleisch und ihren Musmehlbrei mampften.

Die Pubertät schien sich bei ihm kaum oder nur als verspäteter Wachstumsschub auszuwirken, wohl auch in einem zeitweilig vermehrten Schlafbedürfnis, dem er in einer Art von Wollust nachgab. Sein Schlaf war jedoch nie tief und von lebhaften Träumen durchwirkt, in denen stets Bruchstücke seiner Lebenswirklichkeit schwammen, doch nie bedrückend, stets ihn lebhaft im Mittelpunkt bedeutsamer Bilder vorzeigend. So träumte ihm einmal, er sei in den Sternenhimmel versetzt und er sei die Sonne, seine Brüder aber im Kreis um ihn Sterne, die sich vor ihm verneigten. Anderntags erzählte er den Traum voller Begeisterung den Brüdern, die teils verächtlich lachten, teils ausspien und zurück zum Vieh auf die Weiden gingen.

Bald würde er sechzehn Jahre alt werden, erwachsen also, jedenfalls alt genug für die Arbeit, und die Brüder, besonders Juda, rechneten schon auf seine Hilfe. Und wieder hatte er einen lebhaften Traum, worin die Arbeit, die auf ihn wartete, ihm unbewusst, eine Rolle spielte, denn er träumte von elf gebundenen Garben, deren größte aufrecht stand, während zehn andere sie im Kreis umgaben und sich vor ihr verneigten. Auch diesen Traum erzählte er stolz den Brüdern, die dessen Bedeutung durchaus verstanden, ihn ohne Verabredung am Kragen packten, ihm Mantel und Kleid vom Leib rissen, ihn verprügelten, ja, ihn umbringen wollten, dann wäre Ruhe. Ruben, der älteste, kam aber rasch zur Besinnung und rief: »Halt! Doch keinen Totschlag! Werft ihn, wie er ist, da drüben in das Felsloch und lasst ihn drin verrecken. Wir zerreißen seinen Mantel und seine Kleider, schlachten ein Zicklein, tränken sie mit Blut, bringen sie unserem Vater und sagen: Ein wildes Tier hat sie zerrissen und Joseph fortgeschleppt. Und so machten sie's. Sie warfen Joseph in die Grube und gingen davon.

Da hockte er wie betäubt. Mit einem Fetzen, den er, ohne es wahrzunehmen, gekrallt hatte, tupfte er die Kratzer und leichten Wunden ab, die er überall spürte, dann hockte er sich hin, sah um sich, sah hinauf: So steil war's, ohne Hilfe konnte er nie und nimmer aus diesem Loch kommen.

Dass aber dies sein Ende war, bekümmerte ihn nicht. Ihm stand mit einem Mal klar und deutlich seine Torheit vor Augen, sein blinder, kindischer Glaube, die Welt müsse ihn lieben, weil Jakob, sein in der Vergangenheit lebender Vater, ihn liebte. Das also war die Strafe: Er blickte hinauf. Da war jemand, jemand mit einem Seil. Juda war's, der zurückgekommen war. Er wollte nicht am Tod seines Bruders schuld sein, ließ das Seil mit einem Ende zu Joseph hinab und rief; »Kannst du heraufklettern? Ich helf dir!« – »Danke!«, rief Joseph, ergriff das Seil, Juda zog, doch plötzlich ließ er los, Joseph klammerte sich an einen vorspringenden Stein. »Was ist?«, rief er. Oben hörte er Leute reden, ohne genau zu verstehen.

Eine kleine Karawane hatte oben Halt gemacht. Sie fragten Juda nach einem Brunnen, der auch in der Nähe war für das Vieh, er würde ihn ihnen zeigen, er müsse nur noch rasch einen Buben aus dem Loch da ziehen, in das er versehentlich gefallen sei, bückte sich, ergriff das Seil wieder und half Joseph heraus. Die Midianiter blickten ihn sachkundig an. »Ein Sklave?«, fragten sie. Juda nickte: »Zwar etwas lädiert, aber des Schreibens und Rechnens kundig, also wertvoll.« Einer stieg ab, ging hin zu Joseph, griff ihm in den Mund und prüfte die Zähne, prüfte auch die intimen Stellen. »Dreißig Silberlinge!«, sagte Juda. »Zwanzig!«, sagte der Midianiter, »Man muss ihn anziehen und aufpäppeln!« – »Also gut!«, sagte Juda, und der Midianiter zählte sie ihm auf die Hand. Ein anderer warf Joseph einen schmutzigen Fetzen hin, den er sich umschlang. Der ergriff ihn vom Pferd aus, hob ihn hoch, setzte ihn vor sich. »Der Brunnen ist dort!«, rief Juda und zeigte die Richtung, und die Midianiter ritten los, danach weiter nach Süden, nach Gosen zum großen Sklavenmarkt an der Grenze Ägyptenlands. Dort sah ihn ein Hauptmann Potiphars, des Gaufürsten. Der Bursche gefiel ihm, auch wenn er teuer war, und die midianitischen Händler versicherten ihm, dass er lesen, schreiben und rechnen könne. Das prüfte er und bezahlte den Preis, ohne zu feilschen. So kam Joseph in Potiphars Haus und wurde groß in Ägyptenland, dass er's, als Hungersnot war, retten konnte, ja, und auch seine Brüder und Jakob, den Vater, alt und gebrechlich, wie er geworden war. Und sie wurden ein Volk in der Fremde.

Moses

1

Gleich wie ein göttlicher Held wurde Moses als greinendes Neugeborenes in einem Körbchen angeschwemmt am Ufer des Stroms – nicht des Euphrats im Lande Ur, sondern am Schilfufer des gewaltigen Nils, und eine Tochter Pharaos fand ihn und zog ihn auf.

2

Er war Ägypter und wurde Israelit. Er war ein Prinz und wurde ein Hirte, Sinnierer und Religionsstifter, ein Volksführer und Gesetzgeber, nicht bloß des Volkes, das ihn annahm, um seines zu werden, sondern der halben Menschheit, der er zehn Gebote, in Stein gemeißelt, aufstellte, welche ein Grundstock sind aller Sittlichkeit.

3

Er wollte das Volk Israel ins Gelobte Land führen, doch Gott raffte ihn vorher hinweg. Niemand weiß, wo sein Grab ist.

4

Gewalt aber wohnte ihm ein, weshalb er aus Ägyptenland, eines Totschlags wegen, geflohen war. Die wollte er absondern von sich und schob sie dem HErrn zu, der sie bis heute nicht abtun kann von sich. Allen, die an IHn glauben, droht er mit der Apokalypse, worin das Weib, welches bekleidet ist mit der Sonne, vom Drachen bedroht wird.

Josua

Er ist ein Sohn des Nun. Der Erlöser aus Nazareth, des Joseph und der Maria Sohn, trägt denselben Namen: Jesus. Hätte der ihn gekannt, hätte er ihn aufgerufen zur Umkehr: nicht als er mit Kaleb die große Weintraube aus dem verheißenen Land herbeitrug, wohl aber, als er den Kampf anführte mit Amalek; nicht, als er die Eroberung Jerichos mit Posaunenschall ins Werk setzte, Jericho aber war lang schon eine Ruinenstadt, wo sich Fuchs und Hase Gute Nacht sagten, jedoch als er Land, das ihm nicht gehörte und erst Kriegsbeute werden sollte, an die Stämme verteilte, allen Raub, allen Besitz. Und sonderte aus Achan aus dem Stamm Juda, welcher bekannte: »Ich sah unter all dem zum Verteilen angehäuften Raub einen köstlichen babylonischen Mantel und zweihundert Silberlinge und eine goldene Stange, fünfzig Lot an Gewicht; des gelüstete mich, und ich nahm es. Und siehe, es ist verscharrt in die Erde in meiner Hütte und das Silber darunter.« Und sie nahmen's aus der Hütte und brachten's zu Josua und schütteten es vor den Herrn. Da nahm Josua Achan, den Sohn Serahs, samt dem Silber, dem Mantel und der goldenen Stange, seine Söhne und Töchter, seine Ochsen und Esel und Schafe, seine Hütte und alles, was er hatte, und führte sie hinauf ins Tal Achor. Und Josua sprach: »Weil du uns betrübt hast, so betrübe dich der Herr an diesem Tage.« Und das ganze Israel steinigte ihn und verbrannte sie mit Feuer. – Wie: sie? – Nun: ihn, seine Söhne, seine Töchter, sein Vieh und alles, was er hatte!

Josua tut noch mehr. Vor der Schlacht spricht er: »Sonne

steh still zu Gibeon, und Mond im Tal Ajalon!« Und die Sonne stand still und der Mond, bis das Volk sich an seinen Feinden rächte und ließ keinen am Leben. Aber fünf Könige waren geflohen und hatten sich versteckt in die Höhle zu Makkeda, und Josua sagte: »Wälzt große Steine vor die Höhle und stellt Männer davor, die sie hüten. Und jagt euren Feinden nach!« Die aber flohen in ihre festen Städte. Danach sagte Josua: »Macht die Höhle auf und bringt die fünfe zu mir!« Das taten sie: den König von Jerusalem, da es noch lange nicht die Stadt Davids war, den König zu Hebron, da David noch lange nicht wohnte zu Hebron, den König zu Jarmuth, den König zu Lachis und den König zu Eglon. Dann sagte Josua zu den Obersten des Kriegsvolks: »Setzt eure Füße auf die Hälse dieser Könige!« Das geschah also, und Josua schlug sie danach und tötete sie und hing sie an fünf Bäume; und sie hingen an den Bäumen bis zum Abend. Da aber die Sonne untergegangen war, wurden sie von den Bäumen genommen und wieder in die Höhle geworfen, diese aber mit Steinen vermauert.

Also schlug Josua alles Land auf dem Gebirge und gegen Mittag und in den Gründen und an den Abhängen mit allen ihren Königen, welche Stadtkönige waren in kleinen Städten, und ließ keinen der Einwohner leben bis gen Gaza und gegen Gibeon und wandte sich gegen Hazor, die Hauptstadt aller dieser Königreiche, und sie schlugen alle Seelen, die darin waren, und ließ nichts übrig, was Atem hatte, und alle Menschen schlugen sie mit der Schärfe des Schwertes und verbrannten Hazor mit Feuer.

Gideon

Er ist dem Tod begegnet: unschuldig, denn er wusste nicht, wer das war, der Engel und Bote des HErrn. Der setzte sich unter eine Eiche zu Ophra, die dem Joas gehörte, da drosch dessen Sohn Gideon Weizen heimlich in der Kelter, um's zu verbergen vor den Midianitern, die das Korn nehmen würden als Herren des Landes. Und der Engel sagte: »Gott mit dir!« Gideon aber antwortete: »Mein Herr, ist der HErr mit uns, der uns doch aus Ägypten geführt hat? Verlassen hat ER uns. Unter die Hände der Midianiter sind wir gegeben.« Der aber sagte: »Dich sende ich, du sollst sie besiegen!« – »Wie denn? Meine Verwandtschaft ist gering, und ich bin der Geringste in meines Vaters Haus.« – »Ich will mit dir sein, so wirst du siegen!« – »Gib mir ein Zeichen, untrüglich! Bleib, bis ich wiederkomme und ein Speisopfer bringe!« – »Ich bleibe!«, sagte der Engel, und Gideon ging, richtete ein Ziegenböcklein zu und ein Epha ungesäuertes Brot und tat das Fleisch in einen Korb und die Brühe in einen Topf und brachte es heraus unter die Eiche, und der Engel sagte: »Nimm das Fleisch und das Ungesäuerte und leg es hier auf den Fels und gieß die Brühe aus.« Gideon tat's, und der Engel reckte den Stecken aus und rührte mit der Spitze das Fleisch und das Ungesäuerte an, und aus dem Fels fuhr Feuer und verzehrte es. Und der Engel verschwand vor seinen Augen.

Gingen die ihm über? Denn er hatte den Engel des Todes gesehen. Aber er hörte eine Stimme sagen: »Fürchte dich nicht, du wirst nicht sterben!« Und Gideon baute einen Altar da, der steht bis heute zu Ophra.

Und dieselbe Stimme hörte er nachts, wie sie sagte: »Nimm einen Farren unter den Ochsen deines Vaters, einen siebenjährigen, und zerbrich den Altar Baal Sebubs, welcher ist Beelzebub, den dein Vater errichtet hat, und hau ab das Bild der Liebesgöttin Astarte daneben und oben auf der Höhe dieses Felsens opfre den Farren als ein Brandopfer mit dem Holz des Götzenbilds der Astarte, die da ist Venus, das du abgehauen hast.« Und Gideon nahm zehn Knechte seines Vaters und tat's, aber nachts, denn tags scheute er sich vor dem Frevel.

Am Morgen aber, als die Stadt erwachte, sahen die Leute, dass der Altar zerbrochen und das Standbild der Göttin daneben abgehauen war, und sagten: »Wer hat das getan?« Und stellten fest: »Gideon, der Sohn des Joas, hat das getan!« Da zogen sie vor dessen Haus und schrien: »Gib deinen Sohn heraus! Er muss sterben! Er hat den Altar Baals zerbrochen und das Astartebild daneben abgehauen und verbrannt!«. Aber Joas sagte: »Was denn?! Müsst ihr Baal helfen? Ist er Gott, kann er sich selbst helfen. Verschwindet!«

Die Midianiter aber, zusammen mit den Amalekitern, zogen herüber und lagerten sich im Grund Jesreel. Da ließ Gideon die Posaune blasen, dass die Stammesbrüder heraufkämen; sie kamen auch ihm entgegen. Aber Gideon sagte zum HErrn. »Soll Israel durch mich obsiegen, so gib ein Zeichen.

Ich will ein Fell mit der Wolle auf die Tenne legen. Wird am Morgen der Tau allein auf dem Fell sein und die ganze Erde umher trocken, so will ich's glauben.« Und legte ein Fell auf die Tenne. Und, siehe, als er des Morgens aufstand, drückte er den Tau aus dem Fell und füllte eine Schale Wasser. Aber Gideon sagte: »Sei nicht ergrimmt über mich! Ich will's noch einmal versuchen: Es sei allein auf dem Fell trocken und Tau auf der ganzen Erde.« Und am anderen Morgen lag Tau auf der ganzen Erde, das Fell aber war trocken.

Also machte sich Gideon mit allen waffentragenden Männern auf, dass er das Heer der Midianiter hatte gegen Mitternacht. Aber der HErr sagte zu ihm: »Des Volks ist zu viel. Führe sie ans Wasser. Wer mit seiner Zunge Wasser leckt, wie ein Hund leckt, den nimm; nicht aber wer auf seine Knie fällt, um zu trinken.« Und an dreihundert Mann hatten Wasser geschlappt wie die Hunde. Die stellte Gideon beiseite. Die anderen ließ er gehen auf Geheiß des Engels, einen jeglichen auf sein Gehöft.

Dann aber nahmen die dreihundert Zehrung mit sich und ihre Posaunen und gingen auf der halben Höhe. Im Talgrund aber lagerten die Midianiter und Amalekiter, die Richter Samuel einst in ein Blutbad schicken würde, worin alle umkommen sollten, sodass sie ausgerottet würden.

Der Engel aber, die Stimme des HErrn, sagte zu Gideon: »Geh hinab zum Lager, dass dir genauere Kenntnis wird, denn es ist in deine Hand gegeben. Fürchtest du dich aber, hinab ins Lager zu gehen, so lass deinen Diener Pura mit dir gehen, dass du hörst, was sie reden. Danach werden deine Hände stark sein.« Und Gideon ging mit Pura, dem erfahrenen Knecht seines Vaters, hinab ins Lager an den Ort der Schildwachen. Da hörte Gideon, wie einer einem anderen einen Traum erzählte: »Hör, mir hat geträumt, ein geröstetes Gerstenbrot wälze sich auf unser Heer herab und kehre alle Gezelte um, dass das Oberstes zuunterst lag.« Da sagte der andere: »Gottverdammich! Das Gerstenbrot heißt Gideon, Sohn des Joas, des Israeliten. Wir sind mit dem ganzen Heer in seine Hand gegeben, du wirst sehen!«

Als Gideon das gehört hatte, kehrte er um mit Pura und sagte den Dreihundert: »Auf! Drauf und dran! Der HErr hat euch das Heer der Midianiter in die Hand gegeben.« Und teilte die dreihundert auf in drei Teile zu je einhundert und gab einem jeden eine Posaune und leere Krüge mit Fackeln darin. Und sie umringten das Lager und bliesen die Posaunen und zerschlugen die Krüge, da hielten sie die Fackeln in ihrer Linken und bliesen die Posaunen, die sie in der Rechten hielten und schrien: »Hier Schwert des Herrn und Gideons!« – Da erschraken die Midiantier und schrien und flohen, und das Schwert des einen war wider das des andern, und in grässlichem nächtlichem Tumult zerstob das ganze Heer der Midianiter und floh an den Jordan. Aber Gideon sandte Botschaft übers ganze Gebirge Ephraim, dass sie dessen Ufer zuvor gewannen und fingen dabei zwei Fürsten der Midianiter, Oreb und Seeb, und erwürgten Oreb auf dem Fels Oreb und Seeb in der Kelter Seeb und jagten die Midianiter über den Jordan und brachten die Häupter Orebs und Seebs Gideon.

Aber die Männer Ephraims maulten, dass er sie nicht früher gerufen habe, und Gideon sagte: »Was denn? Habt Ihr nicht Großes getan und Oreb und Seeb besiegt?!« Dann waren sie's zufrieden. Dann ging Gideon mit seinen Dreihundert über den Jordan und in die Stadt Sukkoth und bat sie um Brot für seine Männer, die waren müde und hungrig, aber mit ihm auf der Jagd nach den Königen der Midianiter Sebah und Zalmuna. Aber die zu Sukkoth wollten nicht und sagten: »Habt ihr sie schon in Händen, dass wir deinem Heer sollten Brot geben?« Und Gideon sagte: »Kriege ich sie in die Hände, will ich euch mit Dornen der Wüste und Hecken dreschen!« Und zog nach Pniel hinauf und bat die Leute dort um Brot, aber die sprachen genau so, und Gideon sagte: »Komme ich wieder mit Sieg, dann bleibt eure Stadt mit ihrem Turm, dem Wehrturm, nicht stehen!«

Und Gideon zog den Jordan hinauf und schlug, was übrig war vom Heer der Midianiter, schlug sie und fing ihre Könige Sebah und Zalmuna, danach zog er zurück und fing einen Knaben aus Sukkoth und fragte den, und der schrieb ihm auf die Obersten zu Sukkoth: siebenundsiebzig Mann. Dann kam er nach Sukkoth und sagte: »Da seht ihr Sebah und Zalmuna in meiner Gewalt, worüber ihr gespottet habt, und nahm die Siebenundsiebzig und nahm Dornen und Hecken der Wüste und ließ sie reichlich kosten an der Stelle von Brot.

Dann wandte er sich gegen Pniel und deren Turm und Mauer und erwürgte die Einwohner der Stadt und fragte Sebah und Zalmuna: »Wie waren die Männer, die ihr erwürgtet zu Tabor?« – »Sie waren wie du und schön wie einst Königs Kinder.« – »Ja, meine Brüder waren sie, Söhne meiner Mutter. Hättet ihr sie am Leben gelassen, würd' ich euch nicht erwürgen!« Und sagte zu seinem Erstgeborenen, Jether: »Steh auf und erwürge sie!« Doch der zog sein Schwert nicht, denn er fürchtete sich, weil er noch ein Knabe war. Da erwürgte Gideon sie und nahm ihre goldenen Stirnreifen, denn solche tragen die Midianiter in ihrem Hochmut.

Etliche aber sagten zu ihm: »Sei Herr über uns, du und dein Sohn und deines Sohnes Sohn, denn du hast uns befreit von den Midianitern.« Und Gideon sagte: »Gebt mir die Stirnbänder, die ihr geraubt habt.« Da breiteten sie ein Kleid aus, und jeder warf darauf die Stirnbänder, die er geraubt hatte, zusammen ein Gewicht von 1700 Lot Gold ohne die Stirnbänder der Könige, die Gideon schon an sich genommen hatte, und er machte daraus einen Leibrock und setzte ihn in seine Stadt zu Ophra: Ganz Israel trieb Abgötterei da, und er geriet Gideon und seinem Haus zum Fall.

Aber das Land war still vierzig Jahre, solange Gideon lebte in seinem Hause, und er hatte siebenundsiebzig Söhne, denn er hatte viele Weiber, und sein Nebenweib, das er sich aus Sichem geholt hatte, gebar ihm auch einen Sohn: Den nannte er Abimelech.

Abimelech

Da Gideon gestorben war, wurde seiner nicht mehr gedacht in Israel, noch dessen, was er Gutes getan hatte, Abimelech aber ging nach Sichem zu den Brüdern seiner Mutter und redete mit ihnen und ihrem ganzen Vaterhause und vor den Ohren der ganzen Stadt: »Überlegt, ihr Männer, lieben Brüder, was ist euch besser? Dass siebzig Männer, des Gideon Söhne, Herr sind über euch, oder Einer, der ich euer Fleisch und Blut bin.« Das beredeten sie und gaben ihm siebenundsiebzig Silberlinge aus dem Tempelschatz Baals. Damit dingte Abimelech Männer, die weder Grund und Boden noch ein Erbteil hatten, und zog hinüber nach Ophra zum Haus seines Vaters und erwürgte seine Brüder, siebzig an der Zahl, auf einem Stein. Übrig blieb nur Jotham, der Jüngste. Er konnte sich verstecken, wie nachmals das siebente Geislein.

Und alle Männer Sichems, der Stadt, machten Abimelech zum König bei der Eiche, die zu Sichem steht. Jotham, als er's hörte, ging auf den Berg Garizim über Sichem und hob seine Stimme auf und rief: »Hört mich, ihr Männer zu Sichem, dass Gott euch auch höre: Die Bäume wollten einen König und sprachen zum Ölbaum: Sei unser König! Aber der sagte: Soll ich meine Fettigkeit lassen, die an mir gepriesen wird, dass ich ob den Bäumen schwebe? – Da sprachen sie zum Feigenbaume: Sei du unser König! Aber der antwortete: Soll ich meine Süße und Lindigkeit hingeben und ob den Bäumen schweben? Mitnichten! – Da sprachen die

Bäume zum Weinstock: Du sei unser König! – Ich soll meinen Most lassen, der Menschen und Götter fröhlich macht? Das tu ich nicht! – Und so forderten sie den Dornbusch auf, der sagte: Versammelt euch in meinem Schatten. Wo nicht, so gehe Feuer aus von mir und verzehre die Zedern des Libanon! – Habt ihr nun rechtgetan an meinem Vater Gideon und seinem Haus, dass ihr euch aufmacht und erwürgt seine Söhne, siebzig Mann auf einem Stein, und macht Abimelech, seiner Magd Sohn, zu eurem König? Wo nicht, gehe Feuer aus von ihm und verzehre die Männer von Sichem!« Und er entfloh vor seinem Bruder gen Beer und wohnte da.

Gegen Abimelech aber stand die Stadt Sichem auf: Soll der unser König sein?

Da stritt Abimelech gegen die Stadt den ganzen Tag und gewann sie und erwürgte das Volk, das darin war, und zerbrach die Stadt und säte Salz darauf. Und zog gen Thebes und belagerte es und gewann es. Aber es war eine Festung in der Stadt mit einem starken Turm, dem nahte er mit Feuer, dass er ihn verbrenne. Da warf ein Weib einen Mühlstein auf seinen Kopf und zerbrach ihm den Schädel. Abimelech rief seinen Waffenträger und sagte zu ihm: »Zieh dein Schwert und töte mich, dass es nicht heißt: Ein Weib hat ihn erschlagen.« Da durchstach ihn sein Diener und er starb. Also bezahlte Gott ihm das Übel, das er an seinem Vater Gideon und seinen Brüdern getan hatte.

Gibea

Gibea, das ist kein Mann, es ist eine Stadt im Stammesgebiet der Benjaminiter. Dahin kam ein levitischer Mann, der mit seinem Knecht und seiner Nebenfrau unterwegs nach Hause war aufs Gebirge Ephraim, aber nicht nächtigen wollte in Jerusalem, der Stadt der Jebusiter, sondern sich seitab wandte gen Gibea, und saß im Tor, denn eine Herberge hatte er dort nicht. Da kam ein alter Mann vom Felde und sah ihn da sitzen mit Weib und Knecht und Reiseproviant nebst Futter für ihre Esel und lud ihn in sein Haus, denn auf der Gasse sei nicht gut sein des Nachts, und er folgte ihm mit Weib und Knecht und seinem Gepäck in sein Haus, und sie versorgten die Tiere und wuschen ihre Füße und aßen und tranken und waren guter Dinge. Da kamen die Leute der Stadt, ungutes Mannsvolk, ja, bösen Herzens, schlugen ans Tor und verlangten den Mann, der da Gast war. Den wollten sie schänden uneingedenk jeglichen Rechts. Doch der Hausherr trat auf die Schwelle seines Gehöfts und sagte: »Ihr Männer, was für ein Verbrechen habt ihr vor?! Welche Dummheit?! Der Mann ist mein Gast! Wenn ihr so geil seid, dann geb ich euch meine Tochter, die ist noch Jungfrau, heraus und seine Nebenfrau, aber nicht meinen Gast!« Der hatte alles gehört, nahm seine Nebenfrau und brachte sie hinaus, und mit ihr trieben sie's, die ganze Nacht, bis der Morgen anbrach. Da lag sie auf der Schwelle des Hauses, stumm, denn sie war tot. Der Mann nahm ihren Leichnam, band ihn auf einen der Esel und ritt mit ihr und seinem Knecht nach Hause aufs Gebirge Ephraim.

Dort nahm er ein Messer, fasste sie und zerschnitt sie in elf Teile und sandte je einen an die elf Stämme Israels in ihre Lande, samt der Kunde vom Verbrechen in Gibea, dass es gerächt würde. Und es wurde gerächt: Alle Männer des Stammes Benjamin wurden besiegt und getötet, geschlachtet beinah, bis der Geschädigte selber Einhalt gebot, dass nicht der Stamm Benjamin ausgelöscht wäre, und Israel aus elf Stämmen bestünde.

Jephta

Jephta war ein Hurenkind, das aber im Haus seines Vaters aufwuchs. Als der starb, verwiesen ihn seine ehelich geborenen Brüder des Hauses. Wohin er sollte, wollte er nicht Knecht werden, wusste er nicht, also blieb er auf der Straße, wurde Straßenräuber, der andere seinesgleichen unterwarf, ihr Anführer wurde. Eines Tages kamen zwei Männer aus seiner Heimatstadt. Die wollten, dass er und seine Bande sie verteidigten, denn sie wurden angegriffen. Die Unterhändler boten ihm Geld. Das wollte er nicht. Er schlug die Angreifer, und die Stadt wählte ihn zu ihrem Oberhaupt. Während des Kampfes aber hatte er ein Gelübde an den obersten Dämon getan, den sie verehrten und Jehova nannten: Würde er siegen, würde er ihm das Erste opfern, das ihm auf dem Weg nach Hause begegnete. Sein Haus hatte er außerhalb der Stadt gebaut: Abstand schien ihm vonnöten, hatte eine Frau, ebenfalls von außerhalb genommen und sich über ein Töchterchen gefreut, das groß und jeden Tag schöner wurde. Jetzt war sie vierzehn Jahre alt geworden und sollte in den Nachbarort verheiratet werden, weshalb sie mit ihren Gespielinnen eine Auszeit feierte, eine Art Abschied von der Mädchenschaft.

Er ritt nach dem Sieg fröhlich nach Haus, und seine Tochter, Zimbeln schlagend, kam ihm entgegen. Jeptha stürzte vom Pferd. Erschrocken lief seine Tochter herzu, wollte ihm beim Aufstehen helfen. Da nahm er sie in die Arme, fest und fester, und heulte, er, der seiner Lebtage nicht geweint hatte, und erstickte das Mädchen, sein einziges Kind, denn er hatte es dem Dämon zugeschworen. Nie wieder hat er in seinem Leben gelacht.

Samson

Das Weib des Manoahs war unfruchtbar, er nicht: Er hatte Söhne und Töchter von seinen Mägden. Eines Tages ging sie den Hang hinauf nach Zora im Land der Philister, wo sie auskömmlich, ja, angenehm lebten mit dem gesamten Hausstand, da schien ihr, als komme ihr vom Felsen her ein Mann entgegen, schrecklich anzusehen, ähnlich einer riesigen Heuschrecke mit harthautenen Flügeln, die gleißten wie Lohe im Sonnenlicht, und der sagte: »Ich weiß, du gebierst nicht, denn du bist unfruchtbar, aber du wirst schwanger werden und einen Sohn zur Welt bringen, daher trink keinen Wein von nun an, oder starkes Getränk, und gib acht, was du issest, denn wieder sei's gesagt: du wirst schwanger werden und lass deinem Sohn weder Messer noch Schere ans Haupthaar kommen von Mutterleib an, denn er wird geweiht sein und den Philistern großen Schaden tun.« Damit verschwand er vor ihren Augen, als hätte das Licht ihn verschluckt, aber sie zitterte, bis sie den Hang hinab wieder nach Haus kam, und sagte dem Manoah alles, nämlich ein Engel Gottes, schrecklich anzusehen wie eine Heuschrecke im Feuer, sei ihr erschienen am Hang hinauf nach Zora und habe ihr gesagt, sie werde schwanger werden und einen Sohn gebären, weshalb sie keinen Wein und keinerlei starkes Getränk trinken dürfe, auch nichts Unreines essen, denn der Knabe solle ein Geweihter Gottes sein von Mutterleib an.

Manoah sah sie an und schwieg, doch betete er darum, dass dieser Mann Gottes, oder Engel, oder was das Wesen war, wieder erschiene und ansagte, was sie mit dem Knaben tun sollten, würde er denn geboren werden. Und als die Frau wieder den Hang nach Zora hinaufging, sah sie am Fels wieder den Geflügelten wie eine Heuschrecke brennen in Licht und Feuer und machte kehrt und sagte es ihrem Mann an, der jetzt hinter ihr her den Hang hinauflief und zu dem Fels kam und fragte: »Hast du mit dem Weib da geredet?« Und hörte: »Ja!« Und: »Sie wird gebären, und dem Knaben soll nicht Messer noch Schere ans Haupt kommen als einem Geweihten Gottes.« Damit verschwand das schreckliche Wesen im Licht.

Der Knabe, der auf die Welt kam, und den seine Eltern Simson nannten, war dürr, mit langen Ärmchen und Beinchen und mit einem wuscheligen Schopf von Mutterleib an und hatte beinah schon Zähne im verzogenen Mäulchen: Erst biss er seine Mutter, dann seine Amme in die Brustwarzen vor Gier, als wollte er Milch mit Blut trinken – mehr! mehr! Er wuchs rasch und wuchs und wollte sich nur schwer entwöhnen lassen. Aber kräftig wurde er und stark und ein fröhlicher Bursche, der sich arglos freuen konnte, sei es über einen eigenen Scherz oder den eines Spielkameraden, auch wenn das ein kleiner Philister war. Sein Haarschopf war dicht und wuchs immer länger und stärker. Wollte sich eine junge Magd oder die alte Amme mit Schere oder Messer ihm nähern, fauchte er wie eine Wildkatze und rannte davon. Um aber, wenn er spielte oder sich übte mit Schwert und Lanze, nicht in Büschen und Bäumen mit den Haaren hängen zu bleiben wie nachmals Absalom, flocht er sie, die blauschwarz glänzten wie Rabenflügel, zu Zöpfen und salbte sie mit feinstem Öl, dem Auszug von Klettenwurzel und Duftkräuter zugesetzt waren. Oft trug er, dass sein Haar ihn beim Laufen und Springen nicht störte, ein fest verknotetes Kopftuch; seine Mutter hatte es mit einem schönen und farbigen Muster aus dünnen Leinenfäden für ihn gewebt. Oh, sie war stolz auf ihn, ihren Sohn! Und Manoah, sein Vater, achtete darauf, dass er, wenn Abend wurde, und die Sterne hinter dem Hang in der dunkelnden Nacht heraufzogen, mit vor dem Haus saß und hörte, was die Alten der kleinen Gemeinde aus früheren Tagen erzählten: von Debora, der Richterin, von der Eroberung Jerichos durch Josua, oder gar von Josef, dem Deuter der Träume in Ägyptenland.

Früh, obwohl er bartlos blieb, wurde er Mann und merkte es, weil ihm im Schlaf, als er im Traum mit einer jungen fülligen Magd rang, der Same ausfloss wie milchweißer Rogen. Da war er unrein den folgenden Tag bis zum Abend.

Jetzt ging er oft hinab in die Stadt der Philister; dort herrschte fröhliches Getümmel, und er vergnügte sich dort mit den Jungen und sah auch die Mädchen und Töchter der Stadt Timnath in ihren bunten Gewändern mit Troddeln und Schellen an den Säumen, besonders aber die eine mit dem Schalk in den blitzenden Augen, wenn sie ihn ansah und lachte und rasch verschwand unter ihren Gespielinnen. Sie war beliebt bei den jungen Männern; alle kannten sie; sie aber lachte und wollte von keinem was wissen, wär's auch der strahlende starke Bursche mit dem farbigen Kopftuch, von dem es hieß, er sei ein Israelit, ein Beschnittener. Als sie das zum ersten Mal hörte, zog sie den Atem durch die Zähne und musterte ihn verstohlen, als sie ihn das nächste Mal sah. Simson bemerkte das, und als er wieder hinaufkam zum Hof seiner Eltern, sagte er: »Ich habe unter den Töchtern der Philister eine gesehen, die gebt mir zur Frau.« – »Wie? Was?«, sagten die, »ist denn da keine in all deinem Volk, dass du jetzt hingehst und willst eine von denen, den unbeschnittenen Philistern, zum Weib?!« – »Die will ich, denn sie ist schön und gefällt mir. Gebt sie mir.«

Also gingen Vater und Mutter mit Simson hinab zu den Philistern und kamen durch die Weinberge. Simson ging voraus, da sprang ihn ein junger starker Berglöwe an. Den packte er und zerriss ihn, wie man ein Kitz zerreißt, und warf ihn unter einen Weinstock neben dem Weg, sagte aber nichts seinen Eltern, sondern sie gingen zusammen weiter und kamen in die Stadt und zum Haus des Mädchens und redeten mit ihren Eltern. Simson aber sprach unterdessen durchs Fenstergitter mit ihr; sie gefiel ihm über die Maßen. Und weil nun alles zwischen den Eltern verabredet war, ging er öfter hin und her, hinunter nach Timnath, hinauf nach Zora, und stockte einmal auf dem Weg, denn er sah: Unter dem Weinstock lag der Kadaver des Löwen; die Verwesung waberte in die Luft wie Lohe, und er hörte ein Summen und Sirren in der Luft, trat näher und sah: Ein Bienenschwarm hatte da Wohnung genommen, da waren Waben voll Honig, den nahm er und leckte und aß davon.

Sieben Tag lang war Hochzeit; dreißig Gesellen gaben sie Simson, die bei ihm sein sollten, dass es ein rechtes Fest wäre; und er sagte zu ihnen: »Ich geb euch ein Rätsel auf. Wenn ihr das erratet und trefft, kriegt ihr von mir dreißig Hemden aus feinem Linnen und dreißig bunte Feiertagskleider.

Wenn ihr's nicht könnt, müsst ihr mir dreißig Hemden und Feiertagskleider geben.« – »Lass hören!«, sagten sie da, »Gib uns dein Rätsel auf!« Und er sagte: »Speise ging von dem Fresser und Süßigkeit von dem Starken. Was ist das?« Aber sie konnten es nicht erraten und errieten's drei Tage lang nicht. Da sprachen sie heimlich mit Simsons jungem Weib: »Wir kennen dich: Du wickelst deinen Mann um den Finger. Krieg des Rätsels Lösung heraus, oder wir stecken das Haus deines Vaters an und verbrennen dich mit im Feuer! Habt ihr uns hergeladen, dass ihr uns arm macht? Oder was?« Simsons junges blühendes Weib erschrak. Sie weinte und sagte zu ihm: »Du hast mich nicht lieb. Du hast deinen Gesellen ein Rätsel aufgegeben und hast mir's nicht gesagt.« Er sagte: »Warum sollte ich? Meinem Vater und meiner Mutter hab ich's auch nicht gesagt. Warum dir?« Und verschwieg ihr die Lösung. Aber sie weinte jeden Tag und jede Nacht ihrer Hochzeit, die noch verblieben, und drängte ihn und wollte es wissen, und am siebten Tag sagte er's ihr; sie gab die Lösung weiter, und die dreißig Gesellen aus der Stadt sagten zu ihm, bevor noch die Sonne unterging: »Was ist süßer denn Honig? Was ist stärker als der Löwe?« – »Ihr hättet mein Rätsel nicht getroffen«, sagte er grimmig, »wenn ihr nicht mit meinem Kalb gepflügt hättet!« Und ging grimmig hinab nach Askalon ans Meer.

Dort wurde im Hafen ein Fest des Baal gefeiert. Hoch ging's da her! Doch Simson lästerte über den Gott aus Erz, und bald rotteten sich die jungen Männer zusammen, um ihn aufs Maul zu hauen und zum Schweigen zu bringen. Das war ihm recht! Nicht lang, dann lagen da an die dreißig, die stöhnten, nach Luft schnappten, als wären sie Fische, oder waren ganz ohne Bewusstsein. Behände zog er sie nackt aus, griff sich zwei Esel im Schatten der Mauer, lud ihnen gebündelt deren Hemden und Feiertagskleider auf und machte sich auf den Rückweg ins Hügelland. Dort, in Themnat, gab er denen die Feierkleider, die das Rätsel erraten hatten, und trieb die Esel hinauf zum Haus seines Vaters. Sein junges Weib aber wurde einem der Gesellen unter den dreißig gegeben. Jetzt hatte sie Grund zum Weinen.

Simson half tags bei der Weizenernte auf dem Land seines Vaters, doch hatte am Abend innig Lust auf sein Weib. Er nahm ein Ziegenböcklein und ging hinab zum Haus ihres Vaters; dort wollte er stracks in ihre Kammer. »Nichts da!«, sagte ihr Vater. »He, ich will zu meiner Frau!« – »Sie ist nicht mehr deine Frau!« – »Sie ist was nicht mehr?!« – »Ich habe gedacht, dass du ihr herzlich gram seist nach dieser Sache, und habe sie deinem Freund gegeben, einem der Dreißig.« – »Du hast was?« – »Tröste dich! Ich gebe dir ihre jüngere Schwester. Die ist schöner als sie. Nimm die! Die lass dein sein!« – »O nein! Das soll euch leidtun, bitterlich! Ich werd euch schaden für euer Unrecht, seht zu!« Damit ging Simson hinauf und fing Füchse, so viele er fand; die band er paarweise Schwanz an Schwanz zusammen, tat Bündel von Stroh zwischen die Schwänze, steckte das Stroh in Brand und ließ die Füchse unter die Garben. So zündete er alles Korn der Philister an, die Garben und was noch auf dem Halm stand, auch die Weinberge und die Ölgärten.

»Wer hat das getan?«, schrien die Leute entsetzt, und da hieß es: »Simson war's, der Schwiegersohn des Thimniters, denn der hat ihm sein Weib genommen und hat sie seinem Freund gegeben.« – »Der Sausack, der elende! Das soll er büßen! Sie auch!« Und sie rotteten sich alle zusammen und zogen zu dem Haus und verbrannten sie samt ihrem Vater mit Feuer. Simson, als er davon erfuhr, sagte: »Das bleibt nicht ungerächt!« Und zog hinab und schlug sie hart, hart an Schultern und Lenden. Dann ging er nach Etam und hauste da in einer Felsschlucht.

Die Leute von Thimnat aber und andre Betroffene der Philister bewaffneten sich und zogen hinauf nach Juda zu dem Ort Lehi, an dreihundert Mann. Die da wohnten erschraken gewaltig und fragten, was sie denn wollten, und sie gaben zur Antwort, sie wollten den Simson binden und hinabführen und Gleiches mit Gleichem vergelten. Da stiegen welche von Lehi hinab in die Steinkluft zu Etam und sagten zu Simson: »Hast du vergessen, dass die Philister über uns herrschen? Wir sind nur geduldet. Jetzt stehen sie da bewaffnet und drohen uns. Warum hast du uns das eingebrockt?« Simson sagte: »Ich habe ihnen nur angetan, was sie mir getan haben. Also?« – »Wir wollen nicht für dich büßen«, sagten sie, »Wir binden dich und übergeben dich denen.« – »Versprecht mir, dass ihr mir nichts antut?« – »Das versprechen wir!« Also ließ Simson sich fesseln mit zwei neuen Stricken und zu den Philistern führen. Die, sobald sie ihn sahen, schrien und jubelten. Da reckte sich Simson, und die neuen Stricke zerrissen, als wären sie alt und morsch. Er bückte sich, denn er sah da am Weg einen alten Eselskinnbacken liegen, hob ihn auf, lief auf die Philister los und schlug damit auf sie ein. Nicht wenige schlug er tot, und die anderen flohen, so schnell sie nur konnten. Simson stand da wie taumelnd und rief: »Durch eines Esels Kinnbacken hab ich tausend geschlagen!«, warf den Knochen, worin noch die Zähne steckten, aus der Hand: »Hier auf der Kinnbackenhöhe!« So heißt Lehi seither. Da blieb er wohnen und war ein Richter in Israel an zwanzig Jahre.

Doch die Lebenslust wich keineswegs von ihm; gern feierte er mit Gesellen und Dirnen, zog öfters umher mit ihnen, oft auch allein durch die Städte und kam einmal nach Gaza, sah dort eine Hure, die ihm gefiel, und ging abends vergnügt zu ihr ins Hurenhaus. Ein Mann hatte ihn aber erkannt, der zu anderen sagte, dass Simson in der Stadt sei. Da taten sie sich zusammen und lauerten ihm auf im Stadttor die ganze Nacht und sagten: »Morgen, wenn's hell wird, und er hinauswill, schnappen wir ihn und schlagen ihn tot.« Simson lag bei der Hure bis um Mitternacht, stand dann auf und ging durch die Gasse zum Tor: Da sah er sie lauern, das Tor aber war verschlossen. Da ergriff er beide Türen zusamt den beiden Torpfosten und hob sie aus mit den Riegeln, nahm das Tor auf die Schultern und trug's auf dem Rücken bis zur Höhe vor Hebron. Dort warf er's ab. Dann ging er fröhlich nach Hause.

Um dieselbe Zeit lebte am Bach Sorak ein Weib namens Delila. Üppig war sie und schön, und Simson gewann sie lieb darob. Das sprach sich herum. So kamen eines Tages die Fürsten der Philister herauf zu ihr und sagten: »Wir hören: Simson verkehrt bei dir?« – »Das ist wahr. Und auch ist wahr, dass wir uns gernhaben, sehr gern sogar. Und was? Was ist damit? Was wollt ihr?« – »Du, Delila, bist nicht bloß, wie wir sehen, eine schöne, du bist auch eine kluge Frau. Was tust du hier oben? Da ist nichts, was dir gefallen könnte. Du gehörst nach Gaza, in die Stadt. Da herrscht Leben. Da wartet ein Haus auf dich, worin in Kammer und Saal Musik tönt vom Abend bis in die Nacht; worin Kühle vom Meer her weht und Duft aus den üppigen Gärten, und worin eine Truhe dich erwartet, die wir anfüllen wollen mit Silber, gemünzt und ungemünzt, die auch nicht leer werden soll, wenn …« – »Wenn was?« – »Wenn du, Delila, ihn beredest, dass er dir sagt, woher seine große Kraft rührt, und du's uns weitersagst, dass wir seiner habhaft werden und ihn binden und zwingen können.« – »Das schwört ihr?« – »Wir schwören es dir beim Baal! Und du?« – »Ihr hört von mir.«

Delila, sich rekelnd auf dem Lager mit Simson und spielend mit seinen Zöpfen, als wären's Schlangen, sagte: »Du, du sagst mir gar nicht, worin deine große Kraft ist, die ich da spüre in dir wie fernen leisen Donner: hier? Oder hier? Oder darin? Da? Dass man dich überwinden könnte, binden und zwingen?« – »Hör auf! Komm her! Du zwingst mich, bindest mich! So. Und so, ah!« – »Nein, das mein ich nicht. Ich meine, wenn da Krieger wären, die kämpfen wollten?« – »Ha! Wenn man mich bände, ja, mit sieben Seilen von frischem Bast, die noch nicht verdorrt sind, dann würde ich schwach wie ein anderer Mann, der nicht so leicht aufsteht …« – »Lass, lass mich doch! Wir probieren's ein ander Mal aus.« Sie schickte Botschaft nach Gaza und erhielt sieben Seile von frischem Bast, der noch nicht verdorrt war, von Männern, die sie in der Kammer verbarg. Als Simson kam und danach auf ihrem Lager ausruhte, band sie ihn damit: »So, siehst du, und so!«, und lachte und rief: »Simson, Philister über dir!«, da zerriss er die Seile, als wären sie angesengt worden, und Delila sagte: »Du hast mich angelogen, mein Lieber, getäuscht! Ach, sag mir doch, womit kann man dich binden?« – »Wenn … Soll ich aufstehn? Hm?« – »Wenn?« – »Merkst du, wie ich aufstehe? Wenn sie mich bänden mit ganz neuen Stricken, jungfräulich, ja, vom Seiler, so, dann würde ich schwach wie ein anderer Mann und nicht so leicht aufstehn …« – »Warte! Hier hab ich in meiner Kammer …« Und Delila nahm neue Stricke und band Simson damit und rief: »Philister über dir, Simson!« Und er zerriss die Stricke wie dünne Fäden und lachte. »Oh, du!«, sagte sie, »Du hältst mich zum Narren! Nun sag's mir doch!« – »Ja, ja, ja! Wenn du meine Zöpfe zusammen flichst zu einem Knoten und ihn an die Wand nagelst, dann … dann werde ich schwach …« Und während sie das tat, schlief er ein, und sie küsste ihn, er wachte aber nicht auf. Da rief sie: »Philister über dir, Simson!« Und er fuhr hoch und zog den Nagel mühelos mit den Zöpfen heraus. »Simson!«, sagte sie da, »Wie kannst du sagen, dass du mich lieb hast, und doch ist dein Herz nicht bei mir? Dreimal hast du mich getäuscht, dreimal belogen. Wie steht es also mit uns? Auf dem Lager, ja, da sind wir eins, und sonst? Sonst machst du dich lustig über mich. Ich bedeute dir gar nichts. Was glaubst du, wie ich mich fühle?« Er ging.

Drei Tage später stand er wieder in ihrer Tür, stand vor ihr und streckte die Arme nach ihr aus und sagte, sein ganzes Herz sei bei ihr. Schon immer! Ja! – Sie, ohne ein Wort zu erwidern, nahm ihn bei der Hand und führte ihn zu ihrem

Lager. Da war er selig, selig und wieder selig. Und als die Nacht einfiel, sagte er ihr: »Meine Stärke, dass du's nur weißt, liegt darin, dass kein Schermesser und keine Schere an mein Haupthaar gekommen ist von Mutterleib an, denn so bin ich geweiht. Würde mein Haar beschnitten, würde ich wie andere Männer: schwach. Das wirst du nicht wollen, Delila.« Sie küsste ihn, dann schickte sie einen Knecht nach Gaza, der brachte die Fürsten herauf zu ihr mit Brief, Siegel und Geld. »Wartet!«, sagte sie, »Hier, nebenan in der Kammer! Wenn einer Mut hat von euch, der nimmt diese Schere. Ich habe sie schleifen lassen. Klopfe ich dreimal, kommt ihr leise heraus und schneidet ihm, während er schläft, die Stirnlocken ab: sieben. Dann ist er euer!« – »Bist du dir sicher?« – »Mir geschieht nichts, des bin ich mir sicher! Auch, dass er nicht mehr gelogen hat. Ihr? Seht zu!«

Simson wurde lange nicht müde, doch endlich schlief er ein auf ihrem Schoß, und sie klopfte dreimal gegen die Wand. Da tat sich die Tür zur Kammer auf, und einer, der jung war, geschmeidig, flink und mutig, trat heraus mit der Schere, schlich zum Bett und schnitt geschickt, während Delila Simsons schlafendes Haupt hielt, seine sieben Stirnlocken ab, wich zurück, und Delila rief: »Simson, Philister über dir!« und hielt ihn so fest sie konnte, und er wachte auf und wusste nicht, wo er war, noch wie ihm geschah, als die aus der Kammer sich auf ihn stürzten, und der mit der Schere ihm beide Augen ausstach, dass er schrie, und Delila, blutig in ihrer Nacktheit, schrie und weiterschrie, schrie, bis sie ihn banden und hinausschleppten. Sie schleppten ihn hinunter nach Gaza in ein finstres Gefängnis. Da wurde er zweifach angeschmiedet mit eisernen Ketten und musste Gerste mahlen im Kerker. Delila aber zahlte einer alten Magd Geld, dass sie, wenn er nachts schlief, hineinschlich und ihm Salbe auf die Lider tat, um seine Schmerzen zu lindern. Sein Haupthaar fing unterdessen wieder zu wachsen an.

Nicht lange, dann feierten sie in Gaza das Fest des Hauptgottes Dagon. Die Fürsten und alles Volk mit ihnen freuten sich und sagten: »Unser Gott hat uns Simson, unseren ärgsten Feind, in die Hände gegeben. Unser Land hat er verderbt und viele von uns erschlagen. Jetzt haben wir ihn! Jetzt ist er blind und mahlt Gerste im Kerker! Holt ihn her! Holt ihn aus dem Gefängnis, dass wir ihn mahlen sehen da vor uns. Und ihn bespeien! Bepissen!«

Also wurde Simson in Ketten aus dem Gefängnis geholt, die Mahlsteine mit ihm, und ein verkrüppelter Junge, der in einem Sack die Gerste trug und sie ihm vorschüttete. So stellten sie ihn im Tempel zwischen die Säulen. Männer und Weiber und die Fürsten der Philister waren da und auf dem Dach an dreitausend, Mann und Weib, die zusahen, wie Simson mahlte, und sangen Spottlieder, ihrem Gott Dagon aber Preislieder. Und Simson bat den Jungen, ihn an die Mittelsäulen zu führen, dass er sich anlehnen und ein wenig ausruhen könne. »Da bist du schon«, sagte der Junge, »du Scheißkerl!« Simson rief stumm den Herrn an, er möge seiner gedenken, legte die linke Hand fest an eine Säule, die rechte fest an die andere, befahl seine Seele Gott und neigte sich kräftig. Da stürzte das Haus auf ihn, auf den Jungen, auf die Fürsten und das versammelte Volk, und vom Dach fielen alle, die der Neugier halber da hinaufgestiegen waren, sodass der Toten mehr waren, die mit Simson, dem Starken, starben, als zeit seines Lebens. Seine Brüder und andre Verwandte, als sie davon hörten, kamen hinab nach Gaza und suchten ihn unter den Leichen, hoben ihn auf und trugen ihn hinauf, wo sie ihn im Grab seines Vaters Manoah begruben – unten am Hang gegen Zora.

Delila aber, jetzt wohnhaft in einem kleinen Häuschen im dreckigen Hafenviertel von Gaza, war nicht zum Fest Dagons in den großen Tempel gegangen. Sie hatte damals Simsons abgeschnittene Stirnlocken aufgeklaubt und verwahrte sie in einer schmalen Schatulle aus Silber, die sie ab und zu in die Hand nahm und öffnete: Das Haar darin behielt seine Farbe und für sie seinen Glanz. Eines Tages, alt und gebückt, nahm sie das Kästchen und schlug's in ein farbiges Tuch aus feinem Leinen, trug es zum Meer hinab und versenkte es. Gefunden wurde es nie.

Samuel

Samuel sah's; er sah alles und sagte alles IHm, seinem Herrn, denn wer das war, wusste er von Kind auf. Seine Mutter Hanna hatte ihm wieder und wieder erzählt, wie sie jahrein, jahraus kinderlos geblieben war, gebetet hatte, gefleht, gefastet und ihren ganzen Schmuck geopfert IHm, dem Herrn zu Silo, wenn sie und ihre Familie vom Gebirge zum Herbstfest wallfahrtete. Umsonst: Sie wurde nicht schwanger. Das lag nicht an Elkana, ihrem Mann. Der war stark und zeugte mit seiner Nebenfrau fröhlich ein Kind nach dem anderen, Söhne und Töchter. Später dann, endlich, spürte Hanna, dass sie gesegneten Leibs war, wahrhaftig!, Hanna war dankbar! Sie sang ein hochgemutes Danklied und weihte den erbetenen Knaben dem Herrn zu Silo. Er war der Erste, bekam aber noch Brüder.

Damals war Eli aus dem Hohen Haus Aaron Priester, und ihm diente Samuel. Als Knabe schon sah er's, wie Elis Söhne ihr Priesteramt als eine Pfründe missbrauchten, gestiftete Gelder, geopferte Schmuckstücke und Kostbarkeiten zu einem guten Teil an sich nahmen, und wenn sich einer aus Israel Geld lieh beim Heiligen Haus des Herrn, verlangten sie Zinsen. Auch schliefen sie nach Lust und Laune mit den Weibern, die wachten vor der Stiftshütte, und ließen sich zwei lange Gabeln aus Erz anfertigen, damit schickten sie ihre Diener zu denen, die opferten, und aus Tiegel, Pfanne, Kessel oder Topf holten die die besten Stücke. Eli war uralt und erfuhr doch alles, was seine Söhne taten. Er schalt und ermahnte sie, aber darum kümmerten sie sich nicht. Also kam, das sagte er ihnen, ein Mann Gottes zu ihm, denn sein und ihr Ahnherr Aaron war ja berufen worden von JAHW, und dieser Bote prophezeite das Ende seiner Söhne: Hophni und Pinkas. Die aber zuckten, als sie es hörten, mit den Achseln und scherten sich nicht weiter um den Alten. Sie taten, was sie wollten. Aber Samuel sah's.

Er lauschte, wenn endlich die mitternächtliche Stille über ganz Silo herabfiel, und die Feuer, die Fackeln, die Kerzen erloschen, verglommen. Er hörte einen Ruf, kaum vernehmbar. Eine Stimme rief seinen Namen. Also stand er im Dunkeln auf von seinem Lager, tat seinen leinenen Leibrock an und lief zu Elis Lager. »Herr, du hast mich gerufen, hier bin ich!«, sagte er. – »Ich hab dich nicht gerufen, Samuel«, sagte der Alte, »geh schlafen!« Der ging und legte sich wieder. Aber kaum war er eingeschlafen, hörte er wieder den Ruf. Wieder rief ihn die Stimme. Also stand er auf, tat seinen Leibrock an und lief zum Lager Elis, des Uralten. »Du hast mich gerufen, hier bin ich«, sagte er. »Geh schlafen, Samuel«, sagte er Alte. »Ich habe dich nicht gerufen.« Und Samuel legte sich wieder. Doch die Stimme rief ihn zum dritten Mal, und er stand zum dritten Mal auf, legte seinen Leibrock nicht an und eilte nackt zu Eli. »Hier bin ich!«, sagte er atemlos. »Geh wieder ins Bett, Samuel, denn ich habe dich nicht gerufen. Leg dich und schlaf! Aber wenn du wieder den Ruf hörst, dann sag: ›Herr, sprich, denn dein Knecht hört!‹ Was aber die Stimme dir sagt, das sag mir am Morgen wieder.« Wahrhaft müde schlief Samuel ein und schlief nicht lange, da weckte die Stimme ihn wieder, indem er hörte: »Samuel! Samuel!« Und schlaftrunken murmelte er: »Sprich, Herr, denn dein Knecht hört!« Und wie im Schlaf hörte er: »Was ich Eli angesagt habe, das werd ich vollbringen, dass alles Volk sich entsetzen soll, denn seine Söhne werden sterben, beide zur selben Zeit, und alle Nachkommen von ihnen werden nicht das Mannesalter erreichen, darum dass er, der Alte, wusste von ihren Missetaten und hat ihnen nicht gewehrt. Ich bin der HErr, ich lasse meiner nicht spotten. Sag ihm das!« Der Morgen kam, und Samuel tat die Türen auf zum Haus des Herrn, aber Eli rief ihn und fragte ihn, was die Stimme nachts zu ihm gesagt habe. Und Samuel sagte es ihm. – »Wohl wahr, Er ist der HErr, und der Name des HErrn sei gelobt! Du predigst heute und sprichst zum Volk, denn der HErr ist mit dir!« Also fing Samuel an zu predigen und ward ein Prophet in ganz Israel.

Aber wieder gab es Krieg mit den Philistern, und Hophni und Pinkas, die beiden Priester, ließen die heilige Bundeslade aufs Schlachtfeld tragen, damit Gott den Kriegern Israels Beistand leiste, doch die wurden überwältigt. Hophni und Pinkas starben zur selben Zeit unterm Schwert, und die Philister trugen die Lade des Bundes im Triumph in ihr Lager. Das wurde Eli zu Silo angesagt, der auf seinem hohen Stuhl saß, und als er es hörte, herabfiel, sich den Hals brach und so ums Leben kam, der Uralte. Samuel wurde Priester und baute sein Haus in Rama, nahm ein Weib und zeugte Kinder mit ihr, Söhne und Töchter. Und er richtete ganz Israel.

Aber er wurde alt und so setzte er seine Söhne Joel und Abia zu Richtern ein in Beer-Seba, auch zu Priestern, aber sie gingen andere Wege. Sie neigten zum Geiz, nahmen Geschenke und beugten das Recht. Da versammelten sich die Ältesten Israels und kamen zu Samuel nach Rama. »Du bist alt geworden«, sagten sie. »Und, wahrhaftig, deine Söhne wandeln nicht auf deinen Wegen. Was soll das werden? Du musst einen König über uns setzen wie alle Heiden rund um uns haben, der Gericht hält und uns im Krieg anführt.« – »Was denn?! Was soll das?!«, sagte Samuel, dem das übel gefiel, und ging hin und betete. Aber der HErr sprach zu ihm: »Tu, was sie verlangen, gehorche der Stimme des Volks. Ich habe sie aus Ägyptenland heraufgeführt, jetzt verwerfen sie mich, und ich soll nicht mehr ihr König sein. So sei's denn! Aber sag ihnen jetzt, welche Rechte ein König hat!« Und Samuel sagte zu ihnen: »Wenn ihr's nicht wisst, sag ich euch jetzt, was für Rechte der König sich nimmt: Er wird eure Söhne nehmen, dass sie vor seinem Wagen herlaufen müssen, und wird sie zu Reitern machen, dass sie ihn ständig begleiten, und zu Hauptleuten über tausend und über fünfzig und zu Ackersleuten, die ihm seine Felder bebauen und zu Schnittern, wenn er erntet, und zu Schmieden für sein Kriegsgerät und zu Wagnern für seine Streitwägen und eure Töchter wird er nehmen, dass sie ihm Salben bereiten, und dass sie ihm kochen und backen, und er wird eure besten Äcker nehmen, auch die Weinberge und die Ölgärten und wird sie seinen Knechten geben. Und von eurer Saat und von euren Weinbergen wird er den Zehnten nehmen und wird's seinen Kämmerern und Knechten geben, dazu eure Mägde und

Knechte und eure schönsten jungen Burschen samt euren Eseln, dass er seine Geschäfte umtreiben kann. Aber auch von euren Herden wird er den Zehnten nehmen, und dazu müsst ihr seine Knechte sein. Ja, dann werdet ihr Zeter und Mordio schreien, aber umsonst: Der HErr wird euch nicht erhören!« – »Mitnichten! So wird's nicht werden!«, sagten sie da. Und wieder sprach der HErr zu Samuel: »Lass sie! Mach ihnen einen König!« Und Samuel sagte zu den Männern Israels: »So geht! Ihr werdet's hören!« Und jeder ging in seine Stadt, aber Samuel blieb im Land Zuph auf der Höhe.

Dort trat Saul zu ihm, der Sohn des Kis, eines wohlhabenden Benjaminiters, der war jung und stattlich, um ein Haupt höher als sonst alles Volk, den sah Samuel an und salbte ihn zum ersten König in Israel. Aber er konnte sich nicht daran gewöhnen, stille zu sein, immer denkend, ihm gebühre Gehorsam, und er, ja, verwarf ihn wieder und sah den jungen Hirten David, auch aus dem Stamm Benjamin, der war hell und schön, spielte die Harfe und sang Lieder, die er selber erdachte oder aufsammelte; auch Psalmen. Wenn Sauls Gemüt oft finster erschien wie ein dunkles Gewitter, war Davids fröhlich und hell. Die Weiber liebten ihn, und er liebte sie. Ihn salbte Samuel zum zweiten König in Israel, dem alles gelang, nur den Tempel bauen durfte er nicht. Den erbaute nachmals sein Sohn, der König und Prediger Salomo, der Sprüchesammler und Sänger des Hohen Lieds.

Aber Saul, unmutig und geängstigt vor einer Schlacht mit den Philistern, die ihn, siegten sie, nackt kreuzweis kopfunter ans Tor nageln würden, ließ Samuel zu Endor von einem zauberkundigen Weib heraufbeschwören, obwohl er solch heidnisches Zauberwesen verboten hatte, und Samuel kam im zerfressenen Leichengewand, die schadhaften Zähne bleckend, Augen und Mund schwarz verwest, Tod, Tod weissagend, Tod.

David

1

Wir wissen, wie er ausgesehen hat, denn Michelangelo Buanarotti, der Florentiner Maler, Bildhauer und Poet, hat ihn plastisch dargestellt: gehauen aus einem einzigen Marmorblock, einen Stein in der Rechten, die Schleuder über der Schulter, splitterfasernackt, und er, der Israelit, unbeschnitten. Wusste man in Florenz nicht, dass die Juden seit Erzvaters Abraham Zeiten, belehrt von seiner geliebten ägyptischen Magd Hagar, beschnitten sind an der Vorhaut ihres Mannsglieds? Wie nicht?! Doch Florenz, die gloriose Stadt, war ehrgeiziger, stolzer als Mailand, als Padua, Bologna, Siena und – Rom. Ihr David, der Gigant, sollte nicht nur den Goliath, sondern Roms antike Statuen übertreffen, wie konnte er da beschnitten sein?! Erst recht nicht als Vorkämpfer für die Bürger auf dem Rathausplatz der Republik, solange sie's war. Goliath, sein Gegner, letzter des Geschlechts der Riesen von Gath und bezahlt von den feindlichen Philistern, die eingewandert vordem aus Zypern, doch Namensgeber bis heute des Lands zwischen Asien und Afrika: Palästina. Der forderte, schwer geschient und bewaffnet, jeden Israeliten zum Zweikampf heraus, doch wagte den keiner.

David, der Hirtenknabe, brachte auf zwei Eseln seinen älteren Brüdern, die Kriegsdienst dem König Saul leisteten, Essen und Proviant von daheim, und wollte wissen, was hier los sei, und die Brüder, kleinlaut, erklärten es ihm. »Ich trau mich!«, sagte David. »Ich hab Löwen und Bären von meinen Herden vertrieben!« (Die gab's noch in Palästina, wahrhaftiger Gott?) Also legte er seine Kleider ab, die ihn nur behindert hätten, hätte er die Flucht ergreifen müssen, und trat dem gepanzerten und schwer bewaffneten Riesen entgegen, tat einen Stein in seine Schleuder und schleuderte den, dass er in dessen Stirn fuhr, und er zur Erde fiel den langen Weg. Da lief David, nackt, bräunlich und schön, herzu, fasste dessen Schwert, zog's aus der Scheide und hieb ihm den Kopf ab. Die Philister flohen. David aber packte des Riesen Haupt an den Haaren und trug es vor Saul, den König.

2

Da war auch Jonathan, Sauls ältester Sohn und tapferster Krieger und Anführer. Der sah David an, und David sah ihn an, so standen sie, und das Herz Jonathans verband sich mit dem Herzen Davids unlöslich, sodass ihr Bund für kommende Jahrtausende wahrer Freundschaft ein Inbild wurde, sagend, was das sei: Männerliebe, die Kraft ohne Wanken gibt. Jonathan zog aus seinen Mantel und seinen Rock, den er anhatte, und gab sie David, dazu sein Schwert, seinen Bogen und seinen Gürtel. David nahm diese Dinge alle, ging zu ihm hin und küsste ihn. Einmal, so war's besiegelt. Lautlos war es, als stürze aus Jonathans Augen ein Strom von Sternen ins Unendliche fort, ins Nichts: im Bruchteil einer Sekunde, wie es die Chaldäer berechneten seit Urzeiten.

3

David spielte auf der Harfe und sang vor König Saul, der, weil überfordert, oft schwermütig war. Seine Lieder und Psalmen sind überliefert. Eines Tages, Saul wie erwachend, weil ihm einfiel, dass dieser David auch, ihn übertreffend, ein Krieger war, griff nach seiner Lanze und schleuderte sie nach dem Sänger, doch verfehlte ihn. Da floh David, obwohl er inzwischen Michal, eine Tochter des Königs, geheiratet hatte. Saul, erst recht erbost, schalt Jonathan, zur Schande seiner Mutter liebe er einen Mann, diesen David. Das focht den Königssohn nicht an. Er, ein Liebender, hielt heimlich weiter zu David, doch er fiel im heldenhaften Kampf gegen die Philister. Sein Leichnam wurde ans Stadttor genagelt. David nahm ihn ab und setzte ihn bei und sang eine bewegende Totenklage. (Eros, nicht geflügeltes Kind, sondern weltschöpfend gleich Dionysos, wäre bei den Griechen Gott Davids gewesen, so jedoch war es Jehova, dessen mosaische Gesetze frauenfeindlich bis zum Extrem waren. Nicht so David, welcher die Weiber liebte.) Die schöne Bathseba, badend auf dem Dach ihres Hauses in Jerusalem, sah er, als er König geworden war in der so leicht eingenommenen Stadt der Jebusiter, und befahl sie zu sich. Wie willig sie ging! Oft und oft! Aber gab nicht acht, wurde schwanger, und er ließ ihren soldatischen Gatten Uria kommen, dass er sich's wohl sein lasse mit seinem Weib statt im Krieg. Doch dem war's gesteckt worden, er ging vor Zeugen nicht heim. So ließ David ihn hinterrücks zu Tod bringen und nahm dessen Weib zu sich. Die hatte eine Abtreibung unternommen und gebar Davids Kind tot. Immerhin gab's eine Strafpredigt ihres Onkels, des Propheten Nathan, worin ein Lamm Gottes wohl eine Rolle spielte. David aber schwängerte sie nach achtzehn Monaten erneut: So wurde Salomo gezeugt, den sie nachmals mithilfe von Mördern entgegen Davids Testament zum König krönen ließ.

Wie ein toter Fisch wieder lebendig wird

Fisch war König Salomos Lieblingsgericht, seit er als Fischer am Meeresstrand ein Jahr lang sein Leben hatte fristen müssen, da ihn seinerzeit ein Dämon überlistet hatte. Fisch aß der König nun, um nie zu vergessen, was es heißt, nicht der König zu sein.

Eines Tages saß er mit Nathan, seinem weisen und großmächtigen Kanzler, und mit Balkis, seiner schönen Königin von Saba, zu Tisch, und ein Fisch, nicht zu dick, nicht zu mager, nicht zu fett und nicht zu trocken, wurde aufgetragen, dessen Schuppenhaut in vielen sanften Regenbogenfarben schimmerte.

»Was für ein schönes Tier!«, sagte die Königin versonnen. »Ob man ihn wohl wieder zum Leben erwecken könnte?« Und Nathan sagte: »Es heißt, Wahrheit und Gerechtigkeit könne Tote wieder lebendig machen. So will ich versuchen, ein wahres und gerechtes Wort zu sprechen, vielleicht, dass der Fisch wieder lebendig wird.« Er sammelte sich zu einem kurzen Nachdenken und sagte dann: »Alles im Reich untersteht meiner Leitung. Alle hören auf mich und tun, was ich sage. Und dennoch wäre ich lieber Salomo, der König, als sein Kanzler.«

Da zuckte der Fisch.

Die Königin ergriff darauf das Wort: »Keine Königin ist auf der Welt, war je und wird je sein, die einen Mann besitzt wie ich: den König Salomo. Mit ihm herrsche und genieße ich; für mich und ihn besteht die Welt. Doch ist auch wahr, was ich nur ungern und leise eingestehe: Sehe ich einen wohlgestalteten jungen Mann, jünger als mein König, so spüre ich sacht im Herzen den Wunsch: Wollte Gott, dass Salomo so jung wäre wie er!«

Da regte sich der Fisch.

König Salomo sah seiner Königin in die Augen, dann sagte er: »Die ganze Welt, ihre Schätze und Schönheiten, alles gehört mir, alles ist für mich da. Ich gehe auf der Erde, ich wandle auf den Wassern als ein Gesandter Gottes und fahre mit Fiügeln des Ostwindes von einem Ende der Welt zum anderen. Alles, was lebt: die Tiere, die Menschen, die Geister und Dämonen sind mir untertan und gehorchen mir. Und doch: Kommen zwei Menschen vor meinen Thron und verlangen Gerechtigkeit, gestehe ich, ist mir der lieber, der mit Geschenken kommt, als der mit leeren Händen.«

Da sprang der Fisch lebendig in den Kessel mit Eiswasser, der neben dem Tisch bereitstand.

O Ehrsucht! Wollust! Gier!

Der Prediger Salomo

Es ist alles ganz eitel, spricht der Prediger, es ist alles ganz eitel. Was hat der Mensch für Gewinn von seiner Mühe unter der Sonne? Ein Geschlecht vergeht, das andere kommt, die Erde bleibt – solange keine Wasserstoffbombe gezündet wird, die im Bauch eines Schiffes über das Weltmeer fährt und keiner weiß es.

Die Sonne geht auf und geht unter und läuft scheinbar über Nacht an ihren Ort, dass sie da wieder aufgeht, doch es ist die Erde, der Planet, der sich dreht auf seiner elliptischen Bahn um den Fixstern. Einst wird aber kommen der Tag, an dem die Sonne riesig wird, und die Erde in die Sonne stürzt.

Alles Ding hat seine Zeit. Und alles Vornehmen unter dem Himmel hat seine Stunde, anders zur schönen Sommerszeit, anders im Winter, worin abschmelzen die Pole.

Auch Streit und Frieden hat seine Zeit, man arbeite mit welcher Kommission man wolle. Immer unzeitig aber ist der Terrorismus, ob von Iran ausgehend, ob vom Libanon, ob von Palästina oder der Hamas.

Weiter unter der Sonne blühen Stätten des Gerichts voll gottlosen Wesens, voller Richter, die sind wie Krähen: eine hackt der anderen kein Auge aus, so nicht im Kammergericht, und wär es im versifften Berlin: da hocken sie und schnabulieren, was sie einheimsen können.

Doch wenn einer gleich hundert Kinder zeugte, und hätte ein langes Leben, wäre eine unzeitige Geburt doch besser als er, die da in Nichtigkeit kommt und fährt dahin in Finsternis, hat die Sonne nicht gesehen und nicht gekannt. Kennst du ihn? Ist er dein Nachbar?

Alle Arbeit des Menschen ist für seinen Mund, doch wird seine Seele nicht satt davon. Denn was hat des Menschen Seele davon? Als ob sie satt würde. Das ist auch Eitelkeit und Haschen nach Wind.

Es ist alles eitel: Über alles wächst Gras.

Aus den Sprüchen Salomonis

1

Wenn dich die bösen Buben locken, folge ihnen nicht, denn sie wollen auf Blut lauern und wollen großes Gut finden und ihre Häuser mit Raub und Zinseszins füllen, hörst du?

Was die Unverständigen gelüstet, das rafft sie hin, und der Ruchlosen Glück bringt sie um, also lass fahren dahin, hörst du?

2

Guter Rat bewahrt dich, wenn du auf ihn hörst. Lass Abwege sausen, auf dass du nicht gerätst an deines Freundes Weib, noch an eine Schmeichlerin, die dein Bestes im Sinn hat: dein Geld.

Sitze nicht an dem Tischen, da die Spötter sitzen, die alles besser wissen und doch das Falsche tun.

3

Komm zu Verstand, das ist besser als Geld und Gold, und achte auf das, was du anlegst, auf, dass du nicht darben musst.

Gib Gehör dem Bedürftigen und tu deine Hand auf, denn wie leicht kann es sein und die Ströme des Kapitals graben andere Betten.

4

Lass die Lästermäuler reden. Was gehts dich an? Sie wissen nicht, wo sie verfaulen werden. Du kauf dir beizeiten in Erbpacht ein Grab, denn länger wird es nicht dauern mit dir.

5

Klüger als alle Weisen sind Viere, die klein sind: Die Ameisen, ein schwaches Volk und schafft doch seine Behausung und Nahrung im Winter; Kaninchen, schreckhaft, und können doch in den Felsen wohnen; Heuschrecken haben keine Obrigkeit und finden doch Wege, überall einzufallen; die Spinnen, bescheiden und ängstlich, doch stets wirksam, wohnen sie auch in der Könige Schlösser, auch im Hochhaus, im Wolkenkratzer, ja, auch im Burj Khalifa in Dubai.

Jehu

Jerobeam ward gehalten im Hause des Pharao, als aber Salomo gestorben war, bat er um Urlaub und ging hinauf nach Jerusalem und redete dort mit Rehabeam, dem Erben Salomos und König von Juda. Der bedrohte das Volk, das sich versammelt hatte und um Gerechtigkeit bei den Lasten des Königs bat. Der aber sagte, er wolle das Volk mit Skorpionen züchtigen, welches sind Lederpeitschen, in deren Riemen Nägel geflochten wurden. Da sahen sie Jerobeam auf ihrer Seite stehen und machten ihn zu ihrem König. Und der riss alle zehn Stämme der Israeliten von Michmas bis hinauf gen Dan von Juda-Benjamin los und gründete das Land Israel mit Sichem als seiner Hauptstadt. Danach wurde Samarias neue Hauptstadt erbaut. Und zu Bethel setzte er einen Altar, darauf ein goldenes Kalb, damit das Volk nicht hinauf zum Tempel Jehovas und seiner Gefährtin Aschera nach Jerusalem pilgern müsse, und so Israel womöglich abspenstig würde. Als aber hernach die Könige Omri und Ahab, verbündet mit Haram, stritten wider Assur, war ein Hauptmann im Heer namens Jehu ben Nimschi, stationiert nahe Jesreel. Zu dem kam Elisa, Schüler des rabengesättigten Propheten Elia, welcher ein Nachahmer Mose und Vorahmer Jesu war, und der salbte den Jehu und entwich. Jehu aber, was tat er? Er schoss Joram, den König Israels, zwischen die Arme, dass der Pfeil durch sein Herz ausfuhr, und er tot in seinen Streitwagen fiel, den das Blut rot färbte. Da das Ahasja, der König Judas, der zu Besuch war, sah, floh er des Weges, und Jehu erschlug auch ihn, wiewohl kein Krieg war zwischen Israel und Juda. Und er ließ Jesebel, die phönizische Königstochter und Witwe Ahabs, aus dem Fenster des Palastes zu Jesreel stürzen, dass sie tot war und ihr Leichnam unbestattet von den Hunden gefressen wurde. Dann aber schrieb Jehu Briefe nach Samaria an die Ältesten und Obersten der Stadt, die aufzogen die siebzig Söhne Ahabs als ihre Vormünder, und forderte sie auf, einen davon auszuwählen und zum König zu machen. Sie aber fürchteten sich vor Jehu und antworteten: »Wir sind deine Knechte und wollen tun, was du sagst.« Da antwortete er: »So nehmt die Häupter von Eures Herrn Söhnen und bringt sie morgen nach Jesreel.« Da nahmen sie die siebzig Söhne und schlachteten sie und legten ihre Häupter in Körbe und sandten sie gen Jesreel, und Jehu sagte: »Gegen meinen Herrn habe ich einen Bund gemacht. Aber wer hat die alle erschlagen?« Und er tötete alle Verwandten Ahabs und seine Großen, auch seine Priester, dass nicht einer übrig blieb, und zog hinauf gen Samaria, unterwegs aber war ein Hirtenhaus, da traf Jehu an die Brüder Ahasjas, des Königs von Juda, und ließ sie ergreifen und abschlachten: zweiundvierzig an der Zahl, welches ist sechs mal sieben. Zu Samaria aber ließ er rufen alle Propheten Baals und alle dessen Priester und Knechte, ein Fest zu begehen, und lud sie in das Haus Baals, das er anzünden ließ, als sie darin waren, sodass sie verbrannten, achtzig an der Zahl. Und doch ließ Jehu nicht von den goldenen Kälbern zu Bethel und Dan. Das war aber Jehova nun egal, war doch Jehu ein Mann nach seinem Herzen. Und der ging und warf sich nieder vor Assurs König, ihm zu huldigen: Bürzel in die Höh. Nachmals aber verschleppten die Assyrer alle Einwohner Israels, und keiner kehrte aus dieser Gefangenschaft zurück. Samaria, die schöne Stadt, wurde gleich Meggido zur Ruine, doch lieh ihren Namen der Landschaft, woher Jesus von Nazareth kam.

Jesaja

Er hat das Maul voller Blumen und voller Ähren: Ein Ochse, der da drischt: und spricht wider Sanherib, den König von Assur, der herabzieht von Norden mit Heeresmacht wider Ägyptenland, und ist ihm, nachdem Samaria leichthin gefallen ist, doch Zion, die Burg Davids mit dem Tempel Salomonis, ärgerlich im Wege, sodass er Jerusalem, die Stadt, die eine Mauer um sich gezogen hat, im Jahre 703 B. C. belagert, da sie die Tore nicht öffnet, Partei ergreifend für Ägyptenland, aus dem doch alle Kinder Israels gezogen sind durchs Schilfmeer und durch die Wüste, und die Judäer haben dies bergichte Land und später die Stadt eingenommen für sich unter mancherlei Mordtaten, denen beispielsweise Uria, der Hethiter, Absalom, der Schöne, Adonai, Davids Erbe, zum Opfer gefallen sind. Doch Assur vermag nicht einzunehmen die Stadt: »Es ist ein Ros' entsprungen!«, jubelt Jesaja, Blumen im Maul. Weh aber, dreimal Wehe: Assur ist untergegangen, besiegt von den Medern, und Ninive, ihre Hauptstadt, worin Jona mürrisch unter dem Senfbaum mit dem Herrn haderte, der nicht die vielen Menschen und Tiere vernichten wollte, und lebte dann friedlich darin, und wohin Tobias mit seinem Freund Raphi zog, um Schulden einzutreiben, aber mit einer Braut, nämlich Raguels, des Mörders Tochter, zurückkehrte, doch nun war Ninive, die vieltorige, kreisrunde Stadt, in Schutt und Staub gelegt, Asche und Staub.

Da erhob sich Nadu-kudurri-usur, der Zweite, was da bedeutet: der Gott Nabu schütze meinen ersten Sohn, geboren um 640 B. C., seit 605 König von Babylon, der da die Stadt erweiterte, kreisrund ummauerte, Kanäle säuberte und regulierte, einen Mondtempel bauen ließ, hoch und höher, berühmt als Turmbau zu Babel, der Vermessung und Beobachtung der Gestirne dienend, eine Prozessionsstraße inmitten der Stadt anlegen ließ, blau gefliest und mit einem blau gekachelten Tor, der Ischtar geweiht, jetzt zu Berlin im Pergamonmuseum wieder errichtet, und ließ auch – ein Weltwunder unter den sieben! – die Hängenden Gärten der Semiramis, sprich: die Dächer der Wohnpaläste mit Büschen und Bäumen und, o ja!, Blumen bepflanzen. Nicht darunter war das Blümlein, das Jesaja meinte, denn Nebukadnezar ließ Jerusalem belagern, nahm es ein und deportierte die Herrenschicht Judas in die babylonische Gefangenschaft, wo sie laut Verdi wehklagend saßen an den Wassern, laut Daniel aber regten sie sich, hatten ein gutes Leben, und bei Weitem nicht alle kehrten zurück, als sie durften. Doch Jesaja frohlockt: »Wolf und Lamm sollen zusammen weiden!« Aber die in den Gärten essen Schweinefleisch, Gräuel und Mäuse werden hinweggerafft: nichts Schöneres! Also soll euch Euer Same und Name stehen dreifaltig, wie du, Jesaja, dreifältig gerafft bist zu einem Propheten und Künder des Herrn, des Messias, und dem Ende der Zeit, Zeitenende.

Jeremia

Die Röcke hochgerafft, so hockst du da und weinst. Deine Kraft vergeht.

Der Berg Zion liegt wüst: Die Füchse laufen darüber.

Klaglieder singst du, denn all deine Kraft vergeht, und deine Kinder sind alle verloren. Ach, wohin sind sie? Wohin sind sie weggerafft?

Die du auf Händen getragen, die du erzogen hast, die hat der Feind umgebracht. Ihre Leichname, geschändet, liegen auf der Gasse.

Da liegst auch du. In Dunkelheit liegst du, und dein Gebein ist zerschlagen, bist gesättigt mit Finsternis und mit Wermut getränkt.

Sag, was siehst du? Ich sehe einen Mandelzweig, zum zweiten Mal im Flore – doch abgerissen ist er vom Baum, denn der König Zedekia ließ ihn holen und fragte ihn, aber er sagte ihm: Du wirst dem König von Babel in die Hände fallen.

Da ward Jeremia in die Grube geworfen und in den Schlamm an deren Grund. Soll er Dreck fressen! Doch ließ ihn Zedekia wieder hervorholen. Er blieb aber im Vorhof, bis Jerusalem gewonnen ward. Zedekia, der König aber floh, wurde gefangen und vor Nebukadnezar gebracht. Der ließ Zedekias Söhne töten vor seinen Augen, denn sie waren fliehend gefangen, auch alle Fürsten Judas, und ließ danach dem König die Augen ausstechen und ihn binden mit Ketten und nach Babel führen. So auch alles Volk aus Jerusalem.

Da saß Jeremia auf der Gasse und sang seine Klagelieder. Irgendwelche Leute in der Stadt, die hofften übrig zu bleiben, flohen, flohen hinweg nach Ägyptenland und nahmen mit den Propheten gewaltsam, der aber weissagte ihnen dortselbst den Untergang, denn die Soldaten Babylons würden siegen über die ägyptischen, und so nahmen sie ihn und erhängten ihn, nein, steinigten ihn, dass er starb und liegt begraben unter einem Haufen von Steinen, einem Steinhaufen. Kein Mensch, nur Gott weiß, dass da ein Grab ist. Doch den kümmert es nicht, der lebt auf großem Fuße.

Holofernes

Ekbatana wurde vom König der Meder erbaut, der aber Krieg führte gegen den König Assyriens. Der wiederum forderte alle seine Räte, Fürsten und Hauptleute vor sich und sagte zu Holofernes, seinem Feldhauptmann: »Du sollst kein Reich verschonen und alle festen Städte mir untertan machen!«

Holofernes wiederum rief alle Hauptleute und Obersten des assyrischen Heeres vor sich und befahl ihnen, mit ihrem Kriegsvolk nach Norden, Westen und Süden auszuziehen und alle Länder Assurs König zu unterwerfen. Und also zogen sie aus mit dem ganzen Heer, mit Wagen, Ross und Reiter, zahlreich wie Heuschrecken, die den Himmel und Erdboden bedecken, überquerten den Strom Euphrat und zogen hinab in das Land um die Stadt Damaskus. Sie verbrannten all ihr Getreide, und ließen umhauen alle Bäume und Weinberge, nahmen auch den Achior gefangen, einen Israeliten, der ihnen aber sagte, sie würden Jerusalem, die Hauptstadt Judas im Gebirge, nie erobern können, denn ihr Gott beschütze sie. Den schickten sie mit Spott und Hohn dahin, dass er ihren Sieg erleben und danach durchs Schwert des Holofernes möge getötet werden.

Achior eilte hin zum Gebirge Juda und in die Stadt Bethulia, welche gleichsam als eine Wächterin Jerusalems mit Mauern befestigt ist, kündigte den Holofernes und dessen Heerscharen an und eilte weiter nach Jerusalem, um zu warnen und zum Gebet im Tempel Jehovas aufzurufen. Die Einwohner Bethuliens aber weinten und wehklagten, und viele flohen ebenfalls aus ihrer Stadt, während die Leute des Holofernes die Brunnen zuschütten und die Zisternen rings bewachen ließen, dass niemand Wasser holen konnte.

Da war Geschrei und Jammer groß in der Stadt und kam vor Osias, den Vorsteher des Rats der Ältesten: »Sollen wir verschmachten und verdursten samt unseren Weibern und Kindern?! Lasst uns die Stadt dem Holofernes übergeben! Lieber umkommen durch das Schwert als dahinsiechen vor Durst und langsam und qualvoll sterben! – Wohl wahr! – Lieber ein Ende mit Schrecken als verenden in langen Qualen!« Osias, als nun allmählich Ruhe ward, sagte: »Ihr Männer, lieben Brüder! Lasst uns fünf Tage noch harren, ob Gott uns nicht Hilfe schafft, wie Er wohl vermag, oder ob Er uns verderben will, denn wir sind allzumal Sünder und mangeln des Ruhmes, den wir bei Ihm haben sollten! Kommt aber in diesen fünf Tagen keine Hilfe von den Bergen, wollen wir tun, wie Ihr vorschlagt.«

Das wurde eiligst auch vor Judith gebracht, die ungeduldig auf Bericht gewartet hatte, da Frauen nicht die Stimme im Rat erheben, ja, gar nicht anwesend sein durften.

Und diese Judith? Judith war seit dreieinhalb Jahren die reiche, doch gottesfürchtige Witwe des Manasse, der seinerzeit in der Gerstenernte ob der Hitze gestorben war, und sie war bekleidet mit einem Sack und saß oben in der Kammer mit einigen Mägden und betete und fastete, nachdem sie täglich Bericht der Verwalter ihrer Felder und Ställe gehört und ihnen Anweisungen erteilt hatte. Ihr Geld, das sie auf Zinsen auslieh, und ihr Gut mehrten sich stündlich. Jetzt ging sie ins Haus hinunter, legte ab den Sack und zog ihre Witwenkleider aus, wusch sich und netzte sich mit Essenzen aus Sidon und salbte sich mit köstlichen Salben aus Tyrus, ließ ihre Haare flechten von ihrer Magd, zog ihr reichstes Kleid an aus Salomonis Seiden und tat Schuhe an ihre Füße, auch wenn sie, weil eng, schmerzten. Sie schmückte sich mit Spangen und Geschmeide aus chaldäischen Landen und hieß ihre Magd einen kostbar bestickten Schleier aus Ägyptenland über sie werfen, einen Schlauch voll des teuersten gealterten Weins, einen Krug feinsten Öls und eine Tasche mit Feigenkuchen, Mehl und Brot nehmen, und so gingen sie beide zum Tor, das Osias bewachte, der's öffnete und sie hinausließ und nicht nach ihrem Vorhaben fragte: mochten sie fliehen!

Frühmorgens war's, dass sie zum Heerlager gelangten. Die Wachen hielten sie an: Was sie hier wollten? – Sie seien aus Bethulia heimlich geflohen, denn sie wisse, der Fürst Holofernes werde die Stadt, die sich nicht ergeben wolle, unfehlbar einnehmen. Sie aber wolle dem Feldherrn sagen, wie er sie leicht gewinnen könne, ohne einen Mann zu verlieren. Sie sahen, dass sie schön war, und führten sie ins Zelt des Holofernes, der unter einem Baldachin stand von Purpur und Gold, geziert mit Smaragden und Edelsteinen, und erteilte Befehle seinen Heerführern, vor sich einen schmalen, einklappbaren Tisch, bedeckt mit Pergamentrollen und Tontafeln, teils gehärtet, teils schreibbereit für hölzerne Griffel, die ebenfalls dalagen.

Hoch aufgeschossen und schmal war der Feldherr, sein Gesicht beinahe bleich, aber angespannt. Er trug weder Bart noch Perücke, die ein Bursche hinter ihm bereit hielt. Doch seine Augen waren groß, schwarz umrandet, mit fast bläulicher Iris um die Pupillen.

»Fürchte dich nicht!«, sagte er und ließ sie in die Schatzkammer führen. Da solle sie warten, bis er Zeit finde, sich ihr zu widmen, und befahl seinem Kämmerer Bagoas, auf den Abend ein Gelage zu bereiten für ihn und seine Offiziere, die gleichfalls ihre Freude an dem schönen Weib haben sollten. Und als alles bereitet war, hieß er sie herausführen, ihr die Kleider abnehmen, einen Tisch vor sich stellen, darauf sollte sie tanzen, und sein Glied erhob sich lechzend, dass er alle hinausschickte und nach ihr langte, um sie auf seinen Schoß zu setzen. Sie, da er gegen seine Grundsätze und Gewohnheit von Wein und Wollust besoffen war, griff über ihn, wo am Pfosten des Baldachins sein Schwert hing, verrenkte sich, ergriff das scharfe Schwert und schnitt ihm die Kehle durch, dass er röchelnd im eigenen Blut erstickte. Kein Mann, kein Soldat ist eines wollüstigeren Todes gestorben. Sie aber, nackt sich auf die Armlehnen seines Thronsessels stellend, säbelte ihm mühsam die Halswirbel durch, ergriff seinen Kopf bei den Haaren und stieg herunter auf den blumenbestreuten, jetzt blutbesudelten Boden des Zeltes.

Sie und ihre Magd entkamen in dem Tumult, der sich erhob, als Bagoas, misstrauisch geworden, den Zeltvorhang hob und »Alarm!« schrie. Nur langsam konnten die beiden Frauen den Berg hinauf nach Bethulia steigen. Die Magd trug das blutige Haupt des Holofernes, eingeschlagen in ihre Schürze, das schwer war. Judith suchte, da nirgends Wasser war, das trocknende Blut des Holofernes von ihren Händen und Armen zu kratzen, das wie mit Nadeln stach. Endlich erreichten sie das Stadttor und klopften. Osias, der's bewachen sollte, war eingeschlafen. Schließlich, halb wach, ließ er sie ein und entsetzte sich, als die Magd alles berichtet hatte. Nun, das wusste er, war Bethulia vollends verloren.

Mitnichten: Bagoas kam um die Mittagszeit und forderte das abgetrennte schmale Haupt des Feldherrn unter der Drohung, die Stadt dem Erdboden gleichzumachen, wenn es verweigert würde. Osias sandte einen Läufer auf den Weg nach Jerusalem, der den Boten zum Tempel, welcher des Holofernes Haupt in der Schürze der Magd trug, zurückholte, und übergab's dem Osias unter der Bedingung, dass die Belagerung abgebrochen würde.

Judith aber badete wieder und wieder und wieder in Eselsmilch, da noch kein Wasser vorhanden war. Sie verließ ihr Haus nie wieder, bis sie, klein und vertrocknet, als wäre sie ein Käfer, oben in der Kammer verstarb.

Der Psalmist

Wohl ihm, denn er sitzt nicht im Rat der Gottlosen, noch sitzt er da, wo die Spötter sitzen. Nicht ist er wie Spreu, die der Wind beim Dreschen davonträgt. Er ist alt geworden. Nachts nässt er sein Bett. Mit Tränen. Doch sieht er den Mond und die Sterne, und geöffnet stehen die Tore des Todes. Es wird aber regnen, und Blitz und Donner werden sein unter den Wolken des Himmels. Da wird er fragen, wer wohnen wird in der Hütte, wer bleiben auf dem Berge? Und wer sein Geld nicht auf Wucher gibt und keine Bestechungen annimmt? Sein Fleisch wird sicher liegen und aufstehen nach Kräften. Fern hört er rauschen die Bäche des Rechts: Sie rauschen vorüber. Und so will er nachjagen seinen Feinden und sie ergreifen, umbringen und zerschmettern, dass sie unter seine Füße fallen, und er sie zertritt. Wie Kot auf der Gasse will er sie wegfegen, Hundekot. Aber doch ist ihm Angst nahe: Große Rinder umgeben ihn, gewaltige Stiere schnauben wider ihn, er hört das Gebrüll eines hungrigen Löwen nah bei sich, dass er ist ausgeschüttet wie Wasser, und sein Herz wie geschmolzenes Wachs, und seine Zunge klebt am Gaumen, er ist in des Todes Staub gelegt; die Rotte, höhnend, umgibt ihn und sieht seine Blöße mit Lachen. Sie teilen seine Kleider unter sich und werfen das Los um sein Gewand. Vor den Einhörnern ruft er um Hilfe! Wird sie ihm aber zuteil, wird er waschen seine Hände in Unschuld, nicht sitzen bei den eitlen Leuten oder Gemeinschaft halten mit den Boshaften, wovon die Welt voll ist und übervoll allerorten. Ohne sie ist kein Ort. Nirgends.

Sodass er geworden ist wie ein zerbrochenes Gefäß und wird ringsum gescholten, ja, hört sie schelten und miteinander ratschlagen, ihm das Leben zu nehmen. Er aber hofft auf den HErrn, denn der ist sein Hirte, ob er auch wandelte im finsteren Tal, sein Stecken und Stab trösten ihn. Er weidet ihn auf einer grünen Aue und führet ihn zum frischen Wasser, sodass er kein Unglück fürchtet, und lässt sein Antlitz leuchten über ihn, seinen Knecht, von Anfang bis Ende. Amen.

Hiob

(Sein Klagelied)

Dass ich nicht sähe, was ich sehen muss! Wie sind die Helden gefallen! Auf den Gräbern wächst Gras. Ein Flaiger aus Plastik steht da auf rostigem Stecken. Ein gusseiserner Frosch, der gekrönt ist und grinst, hockt auf einer Stange: o du Fretsche! Daneben ein Windlicht, zerbrochen die Scheiben, kein Licht darinnen. Und am Rand sitzt ein Vogel, flach, weiß lackiert, anstelle des Auges ein Loch, wodurch er sehn möchte die Auferstehung. Hä? – Gott kümmert es nicht, der lebt auf großem Fuße. Und über alles wächst Gras, Gras, durch welches der Wind geht. Über alles wächst Gras.

Daniel

Ihr schönen Knaben, wo kommt ihr her? – Von des Königs Nebukadnezar Tisch kommen wir. – So kennt er euch wohl? – Wir saßen am unteren Ende der Tafel. – So hat er euch schwerlich gesehen. – Wie hätte er das wohl gekonnt. – Also folgt mir in die Kammer des Königs! Tretet ein! Legt eure Kleider ab! Er will euch sehen. – Und der oberste Kämmerer brachte sie hinein vor den König Nebukadnezar und sagte: »Hier sind die Knaben, die sitzen am unteren Ende deines Tisches, o König! Sieh sie dir an.« – »Ich sehe sie an und sage: Sie sind wohlgeraten und eine Freude zu sehen! So sollen sie um mich sein und meine Diener.«

Und der König fand sie in allen Sachen, die er sie fragte, zehnmal klüger und verständiger als alle seine Sterndeuter und Weisen in seinem Reich. Und er hatte eines Nachts einen Traum, wovon er erschrak und aufwachte. So ließ er seine Sterndeuter und Weisen vor sich kommen und sagte: »Ich habe einen Traum gehabt, davor bin ich erschrocken und aufgewacht. Was war das für ein Traum? Möchte ich wissen!« – Und sie sagten: »Sag ihn uns, und wir deuten ihn dir!« – Aber der König sagte: »Er ist mir entfallen. Sagt ihn mir an und deutet ihn! Wenn nicht, sollt ihr in Stücke gehauen und eure Häuser dem Erdboden gleichgemacht werden.« Sie antworteten ihm: »Sag uns den Traum, und wir deuten ihn dir, o König!« – »Ihr sollt mir den Traum sagen und deuten, oder ihr seid Kinder des Todes!« – »Kein Mensch auf der Welt kann das! Und kein König kann's fordern!«, verwahrten sie sich. Er aber rief seinen Obersten Richter und sagte ihm, diese alle seien hinzurichten. Der ließ sie von den Soldaten Nebukadnezars festnehmen und zum Galgenberg schaffen und rief die Henker herbei.

Daniel, auch Belsazar geheißen, hörte davon, eilte zum Richter, den er wohl kannte, und sagte ihm, er solle ablassen, er selbst wolle dem König seinen Traum schildern und deuten. Der König, zu dem er Zutritt hatte, erkannte ihn wieder, war erfreut und sagte: »So sprich!«

»O König!«, sagte Daniel, »Dass du deines Herzens Gedanken erführest, sage ich dir: Dein Traum war, dass du ein Bild sahst, groß, hoch, glänzend und schrecklich: Sein Haupt war von feinem Gold, seine Brust und Arme von Silber, Bauch, Lenden und Geschlecht von Erz, seine Schenkel waren Eisen, seine Füße aber erst Eisen, dann Ton. Da wurde von unsichtbaren Händen ein Fels heruntergestürzt, der traf das Bild an den Füßen aus Eisen und Ton, traf sie und zermalmte sie und zermalmte alles: Ton, Eisen, Erz, Silber und Gold und war kein Bild mehr, sondern wurde wie Spreu auf der Tenne, die der Wind verwehte. Der Stein aber wurde ein großer Berg, der die Welt füllte.

Die Deutung deines Traums, o König, aber ist: Du bist ein König aller Könige: Du bist das goldene Haupt. Nach dir wird ein Königreich aufkommen, geringer als deins, danach ein drittes, ehernes, das wird über alle Lande herrschen hart wie Eisen und alle zermalmen. Der Fels aber wird sein ein nachmaliges Weltreich voller Sand und Staub, Staub und Sand bis in die Unendlichkeit, und wird kein Mensch und kein Vieh darinnen leben bis in alle Ewigkeit, welche dauert so lange alle tausend Jahre ein kleiner Vogel kommt, der seinen Schnabel am Diamantberge wetzt, bis derselbe abgetragen, abgewetzt ist. Dann wird ein End' sein, und wir werden nicht mehr sein. Das sagt dein Traum, o König.«

König Nebukadnezar verharrte, als würde ein Sandsturm über ihn hingehen. Dann befahl er, Daniel zum Obersten aller Seher und Weisen im Lande zu machen.

Die Meder aber stießen den König vom Thron und ließen ihn Gras fressen. Dann aber die Perser die Meder, die Makedonen die Perser, die Römer die Makedonen, die Goten die Römer, die Franken die Goten …

Drei Könige mit ihrem Stern

Die Heiligen drei Könige mit ihrem Stern. / Sie essen und trinken und bezahlen nicht gern. – Das sagen ihnen die Sternsinger nach, die, bettelnd, glauben, sie wären wie sie. Doch so waren sie nicht. Könige waren sie im Hochland Persiens, den Lauf der Sterne genau beobachtend, das heilige Feuer anbetend, und sahen: Ein Königssohn ist uns geboren im Westen, in Zion, der Heiligen Stadt Jerusalemme, auf deren Thron saß Herodes, der Vierfürst und König Judäas, und sie machten sich auf, ihn zu begrüßen und um ihm zu huldigen: Kaspar und Melchior auf edlen arabischen Pferden, Balthasar, der dunkel getönte, auf einem nicht minder hochgezüchteten Kamel, gefolgt von einem mit Umsicht und Sorgfalt ausgewählten Tross. König Herodes, der Vierfürst, dem das Nahen dieses Zugs seit er Bethulia hinter sich gelassen hatte, gemeldet worden war, empfing ihn mit gebührendem, ja, großtuendem Pomp – sollte der Osten sehen, wo noch vor Rom die Mitte der Welt lag! Doch nein, ihm war kein Sohn neu geboren, auch wünschte er keinen mehr, denn Unheil hinge ihm an: Und so entließ er sie, doch voll falscher Leutseligkeit und voller Misstrauen bat er sie, hätten sie den sie suchten, den neugeborenen König, gefunden, sollten sie ihm Nachricht geben, dass auch er ihm huldigen könne – mochten sie doch ansonsten hingehen, wo der Pfeffer wächst. Sie ratschlagten in ihrer Herberge und mussten sich eingestehen, sie waren abgewichen von der Spur, die der Stern ihnen wies. Doch Bethlehem, Geburtsstadt des ehemals hochberühmten Königs David, liegt nahebei: Schon andern Abends waren sie an dem Ort, worüber der Stern gewiss strahlend stehen blieb, hörten Gesang von Hirten, hörten himmlische Chöre von Frieden singen und Freud. Und da war das Kind, lag auf Heu und auf Stroh in einer Krippe, und an einem kleinen Feuer wärmte ein freundlicher Mann einen Napf voll Musmehlbrei, wohl für die Mutter, die tapfer das Kind in Windeln gewickelt hatte, nun aber doch der Anstrengung der glücklichen Geburt nachgeben musste. Da hießen die Könige ihre Knechte abladen, Kisten und Truhen öffnen, darbringen die Geschenke und Reichtümer des Ostens und knieten huldigend vor dem neugeborenen König. So wurden sie steter Bestandteil der Weihnachtsgeschichte, die Heiligen drei Könige, und ihre Namen, verkürzt als Lettern, wehrten lange Zeit, dann aber abnehmend und weniger werdend, das Übel von Haus und Hof in West und Ost, Nord und Süd: Kaspar + Melchior + Balthasar.

Doch ihren Rückweg in die Heimat nahmen sie nicht über Hierosolyma, sondern stiegen hinab in die Nähe des Meeres, allwo der Walfisch Jona verschlungen hatte, und fanden in Haifa einen schmalen schlanken Tempel des Zoroaster, im First des Daches eine kreisrunde Öffnung, worunter, kreisrund, das nie erlöschende Feuer brennt bis auf den heutigen Tag, und kehrten sich von da gen Osten, dem Zagrosgebirge, ihrer bestirnten Heimat, zu. Herodes aber, da sie nicht wiederkehrten, begriff: Sie hatten Unrat gewittert, schickte seine Soldateska ins nahe gelegene Bethlehem mit dem Auftrag, alle männlichen Kinder, ob schon beschnitten oder neugeboren, ob ein oder drei Jahre alt, ihren Müttern zu entreißen und zweizuteilen, hier und jetzt, dass keines entrinne: Es galt sein Reich und sein Leben. Oh, das Geschrei! Der Jammer! Doch vier Jahre später verstarb er im Unfrieden mit sich und seinen Erben, hatte doch aber den Tempel Jehovas neu bauen lassen, schöner und größer als je zuvor, worin der nach Ägypten entronnene Junge beschnitten wurde, nachmals aber predigte wider den Hohen Rat und zu seinem Verderben.

Jesus aus Nazareth

1

Altmodisch gesehen lautet sein Name Joshua, insofern trägt er einen doppeldeutigen Namen: einmal ist er der Traubenbringer aus dem Gelobten Land, der nach dem Tod Moses den Stämmen Israels ihre Sitze zuweist; zum andern spricht er den Bann aus über einen, der sich heimlich an der gemeinsamen Kriegsbeute vergriffen hat: der Bann aber heißt: er und alles, was sein ist, wird verbrannt: sein Weib, seine Kinder, sein Vieh, sein Haus, seine Hütte und alles, was sein ist. (Der Prophet Samuel greift diesen Bann nach dem Sieg Sauls über Amalek auf: alles, was lebt in Amalek: Männer, Frauen, Kinder und Vieh werden auf Scheiterhaufen verbrannt; Samuel selbst schlachtet buchstäblich Amaleks König Agag mit dessen eigenem Schwert ab; dafür wollte Haniman, ein später Verwandter des Königs, Rache an den Judäern nehmen, was aber Königin Esther verhinderte, jedoch damit nicht endgültig erledigt scheint, denn in den 2010er-Jahren drang ein älterer Mann in Tel Aviv während des Gottesdiensts mit einem Repetiergewehr in eine Synagoge ein und schoss wahllos um sich, wurde überwältigt und berief sich darauf, ein Nachfahre Amaleks zu sein und Rache nehmen zu wollen.)

Jesus, Sohn eines Tektons, eines Baumeisters, sprich: Architekten, war ein eifriger Leser der Heiligen Schriften, häufiger Gast in Synagogen und Gemeindeversammlungen, worin er sie auslegte. Doch ihm war bewusst, dass er, am See Genezareth lebend und lehrend, am ländlichen Rand, nicht eigentlich im Heiligen Land auftrat, und so zog es ihn, begleitet von einigen Getreuen, Fischern zumeist, nach Judäa, sprich: nach Jerusalem, der Hauptstadt und Ort des Tempels, den Herodes, der Große, gewaltiger und schöner als je zuvor ausgebaut hatte. Nach wie vor war das der Mittelpunkt des jüdischen Kults. Zugleich war Jerusalem Sitz des römischen Präfekten; sowohl Galiläa als auch Judäa waren Provinzen des Römischen Reiches und entsprechend nicht nur dem Tempel, sondern auch dem kaiserlichen Imperium steuerpflichtig.

Hatte Johannes, der Täufer, am Jordan zu Buße und Reue aufgerufen, denn der seit alters prophezeite Messias, welcher als Vorkämpfer Jehovas dessen Reich endlich heraufführen werde, die Endzeit also sei nahe, sich aber auch gegen Herodes Antipas, den jüdischen König, wandte, der die Witwe seines Bruders geheiratet hatte, was nach den mosaischen Gesetzen nicht erlaubt war, sodass der ihn, um ihm das Maul zu stopfen, endlich verhaften und auf seiner palastähnlichen Festung Machaerus einkerkern, schließlich aber hinrichten ließ und so zum Schweigen brachte, mischte sich der Nazarener nicht in politische Händel ein. Zwar bekämpfte er Auswüchse des heiligen Kultus im Tempel, in dessen Vorhof die vorgeschriebenen Tieropfer feilgeboten wurden, sodass ein riesiger Markt entstand, wozu auch Geldwechsler ihre Dienste anboten, da Gläubige, wohl auch Neugierige, aus allen Ecken des Reichs zum Tempel kamen, der selbst in Rom Beachtung fand und Neugier weckte. Für weltläufige

Großstädter war das ›Sightseeing‹, wofür auch die Leviten, sogar der Hohepriester, sich bezahlen ließen; für den eher einfachen, keineswegs weltläufigen Mann vom Land aber eine unerträgliche Profanierung, gegen die er in einer spektakulären Aktion einzuschreiten versuchte, was ihm Feindschaft und Hass des Kajphas, des auf Lebenszeit amtierenden Hohepriesters, eintrug.

Jesus sprach auf einfache Weise mit den einfachen Leuten, mit und unter denen er lebte, um ihnen, was seiner Meinung nach immer noch galt, die Grundregeln der jüdischen Religion, das aber hieß: des richtigen Lebens zu verdeutlichen, das, worauf es seines Wissens und Glaubens wirklich ankam. Das waren nicht die 763 mosaischen Speisegesetze, es war: Mitmenschlichkeit. Die stellte er auf unmittelbar fassliche Weise dar in Geschichten und Gleichnissen aus dem alltäglichen Leben, die, weil von vornherein aufs Wesentliche zielend, verstanden, weitergegeben und gelebt werden konnten, wie beispielsweise die Geschichte vom barmherzigen Samariter. – Legte er etwa auf solche Weise dar, was Gott wollte? Entgegen sozusagen den alten Schriften und Vorschriften, welche die Pharisäer und studierten Gelehrten der Überlieferung besonders beachteten und hochhielten? Nein, sie, die sich der Tradition am genauesten und frömmsten verpflichtet wussten, waren empört: Das war Irrlehre, war Verführung zum Abfall, war todeswürdig!

Jesus hatte gewusst, dass er bei den Obrigkeiten Anstoß erregen würde, denn er leugnete deren auf die Überlieferung, aufs Immer-So gegründete Autorität. Mit der Hilfe eines liebenden, nicht zürnenden Gottes konnte ein neuer Mensch angezogen werden, dem die zehn Gebote doch immer galten, erst recht aber das elfte: Liebe deinen Nächsten wie dich selbst. Wie dich selbst! – Nächstenliebe, ohne die würde die Welt vollends umstürzen … wenn sie aber gesät werden und wachsen könnte? Sie würde eine neue Welt entstehen lassen, die aussähe wie der lebendige Kreis, den er abends zur Mahlzeit um sich versammelte, bei der sie Fisch aßen, wie sie's vom See her gewohnt waren, das Brot brachen und Wasser tranken, danach aber Wein: Brot und Wein. Er wusste: So einfach ist es.

Wusste er nicht, dass es so einfach nicht war?

Dem Kajphas, Hohepriester und Herr von Tempel und Kult, wurde brühheiß berichtet, dass dieser Nazarener, den er schon als feindselig und aufrührerisch erlebt hatte, freimütig äußere, er könne den Tempel niederreißen und in drei Tagen wieder errichten. Das war zum Einen lachhaft, zum Anderen aber in seinen Augen ein Verspotten des ganzen jüdischen Volkes, seines Nationalhelden Moses, seiner Richter, seiner Könige, seiner Propheten, seiner ganzen heiligen, im Bergland beginnenden Geschichte mit Gott, dem Herrn. Das ging zu weit, entschieden zu weit! Also sandte er seine bewaffnete Wache aus, den vermessenen Frevler einzukassieren. Die wussten bereits, dass er die Nacht im Ölgarten Gethsemanes außerhalb der Stadt zubrachte, und erledigte ihren Auftrag auch nach einem kurzen Pallawasch mit einem von denen, die ihm treu ergeben waren und überallhin mit ihm gingen. Die kümmerten sie jedoch nicht weiter: hast du das Haupt, fallen die Glieder.

Judas Ischariot

Er, der Sikarier, der ›Dolchmann‹, der die römischen Besatzer und ihre Handlanger, die Obrigkeiten, Herren, Zöllner und Liebediener bekämpfte, musste nicht Jesus, den Nazarener, dem er sich seit Kurzem zugehörig fühlte und dessen karge Kasse er führte, verraten: die, die ihn argwöhnisch und feindselig bespitzelten und überwachten, wussten immer, wo er war und was er tat. Als nachts ihre Soldaten kamen, um ihn außerhalb der Stadt ohne Aufsehen im Ölgarten zu verhaften, zog er das Kurzschwert, das er immer unter dem Mantel trug, und verteidigte ihn. Es war sinnlos gegen die Übermacht! Einem hatte er, weil er dessen Schädel nicht traf, wenigstens das Ohr halb abgehauen. Der Nazarener presste die Hand dagegen, um das Blut zu stillen, wurde abgeführt. Die elf anderen schrien vor Wut und Entsetzen, rannten durcheinander im Finstern, wussten nicht, was sie tun sollten. Johannes, der jüngste, der beim Abendessen zuvor ihm an der Brust gelegen hatte, weil immer der Zuneigung bedürftig, schluchzte krampfhaft, warf sich auf den Boden und schlug mit Fäusten auf die Steine des Wegs: umsonst. Wie auch nicht?! Barthel hob ihn auf. Beide weinten. Simon, Fischer vom See, den er wohl halb im Scherz den Eckstein genannt hatte, besann sich, lief den Soldaten und ihrem Gefangenen nach bis vor den Palast des Hohepriesters, hinter dessen bewachtem Tor sie verschwanden. Völlig verzagt ließ er sich bei einem Feuer nieder. Es war kalt in dieser Nacht.

Judas setzte sich unter einen Feigenbaum, atmete dessen Duft ein, überlegte. Was konnte er, was konnten sie, diese kläglich aufgescheuchte Handvoll, tun? Nichts, rein gar nichts! Der Versuch, mit Palmzweigen und Friedensrufen die politischen Spannungen in Jerusalem zu lösen, war, wie doch vorherzusehen gewesen war, gescheitert. Er würde zurückkehren zu seinen früheren Gefährten, und sie würden weiter aus dem Untergrund kämpfen, klammheimlich Kollaborateure und Verräter der Sache Judas umbringen, und er würde schließlich als alter, narbenbedeckter, doch stolzer Mann sein Leben im Kampf auf der Bergfestung Massada enden.

Er stand auf, schüttelte sich, rief leise die zehn ratlos und geängstigt verbliebenen Gefährten zu sich, nahm die Geldkatze vor, schüttete deren eher mageren Inhalt in seine Rechte und gab jedem einen, so gut es ging, gleichen Anteil, indem er sagte: »Ihr Männer, lieben Brüder! Ich verlasse Jerusalem, ich gehe zurück zu meinen früheren Kampfgefährten. Man schilt uns Zeloten, und das sind wir auch: Krieger und Eiferer für das Volk Juda. Der Friedensweg führt in einen sinnlosen Tod. Lebt wohl!« Und ging raschen und festen Schritts in die dämmernde Helle. – Doch die unschlüssig und ratlos Zurückbleibenden hassten ihn ob seiner Mannhaftigkeit, seiner raschen Entschlusskraft, seiner Geradheit. Daher verleumdeten sie ihn später und machten ihn entgegen allem Erlebten zum Verräter. Er aber, hätt' er's erfahren, hätte sich nicht verwundert. Seinem Verständnis nach hatten sie Juda, Gottes erwähltes Volk, aufgegeben.

Und er behielt recht damit! Ihre späteren Nachfahren im Glauben verleumdeten, verfolgten und ermordeten die Juden durch die Jahrtausende in sinnlosem Hass und versuchten, das Volk Gottes auszurotten, von seinem Erdboden zu tilgen. Doch ER wird's nicht zulassen. Amen, möge man auch ihre Asche auf den Rieselfeldern Polens und der ganzen Welt verstreuen.

Simon Petrus

Er war als Einziger denen nachgelaufen, die Jesus abführten, weshalb nur Zehne um Judas standen, als der Abschied nahm. Er, Simon, der Fischer vom See. Der Trupp kam in Eile zum Palast der Familie des Kajphas, der seit Aberjahrzehnten am Tempelberg stand: Die Würde des Hohepriesters war erblich. Sie schleppten ihren Gefangenen durchs Tor und schlugen es zu.

Doch durchs Tor in den inneren Hof zu gehn, hätt' er sich eh nicht getraut. Er hockte sich hin an der Mauer. Kalt war's. Er rückte ein bisschen näher ans magere Feuer, das eine Magd unterhielt, denn es war unangenehm und ungewöhnlich kalt für die Jahreszeit. »Jetzt frierst, hä?!«, sagte sie hämisch. »Jetzt hockst da! Bist doch auch einer von denen, die immer mit dem da drin 'rumzogen sind.« – »Ich? Nie!« – »Dem ziehn 's jetzt 's Fell über die Ohren, wirst sehn. Dir auch, bist doch einer von denen!« – »Bin ich nicht!« – Innen im Hof krähte ein Hahn. – »Versteh, versteh, jetzt will's keiner gewesen sein.« – »War ich auch nicht!« – Wieder krähte der Hahn, und gleich zweimal. – »Was das Vieh hat, mitten in der Nacht? Jetzt hat's schon dreimal gekräht.« – Ihm liefen die Tränen übers Gesicht, und er barg's im dünnen, leinenen Mantel. Zitternd stand er auf. »Ja, lauf!«, sagte die Magd, »Jetzt hast Schiss! Lauf nur! Sonst kaschen sie dich auch noch! Ich sag denen nix!«, rief sie ihm nach.

Er ging. Wie rasch es Tag wurde! Wohin er ging, nahm er nicht wahr. Auch nicht, dass er sich wandelte, verwandelte. In Wesen und Worten schien er dem ähnlich zu werden, der ihn am See abberufen hatte vom Fischfang, und ging täglich hinauf zum Tempel, jedoch jede Begegnung mit Leviten und Priestern vermeidend, und ein Mann, der lahm war von Mutterleib an, lag täglich vor der Tür des Tempels, die da heißt die Schöne, und bettelte um Almosen von denen, die in den Tempel gingen, um zu beten. Und Simon Petrus bettelte er auch an, der aber sagte: »Gold und Silber habe ich nicht. Aber was ich habe, gebe ich dir.« Und nahm ihn bei der Hand, zog ihn hoch und stellte ihn auf die Füße, die auch nicht wegknickten, und sagte zu ihm: »Im Namen Jesu von Nazareth«, denn dem hatte er ja angehangen, seit er ihn wegrief vom Fischfang, »wandle!« Und zog seine Hand ab, und der Lahme stand und tat einen Schritt, fiel auch nicht nieder und konnte gehen und konnte stehen und sprang vor Freude umher, und Petrus hielt eine Predigt im Tempel, darin er sich auf Moses und die Propheten und was sie geredet und was niedergeschrieben worden war, berief. Er selbst war ein andrer geworden und übertraf Paulus, ging und wurde Papst in Rom.

Johannes, Jünger und Evangelist

Er war unsagbar verwirrt – mit wem auch hätte er darüber reden sollen? Darüber sprach man nicht; außer vielleicht mit einem älteren Bruder, dem man nicht gleichgültig war, und der einen manchmal unter die Fittiche nahm. Aber den hatte er nicht, so sehr er sich ihn gewünscht hatte. Darum war es auch nicht gegangen, als er sich dem Wanderprediger aus Nazareth und dessen Leuten, diesem bunten Haufen, angeschlossen hatte. Wie aufregend, ja, wundervoll das alles gewesen war! – Jetzt erst, da sie von Galiläa nach Jerusalem gekommen waren, in die alte, gewaltige Stadt mit ihrem heiligen Tempel und dem Gewusel aus aller Herren Länder – in Sänften wurden verschleierte Damen durch die steilen Gassen und über Treppen getragen, Trupps römischer Legionäre marschierten durch die Straßen, junge, halb nackte Griechen saßen vor den Kneipen und würfelten, und ihr eigener Haufen, zwölf immerhin, als Dreizehnter aber der Nazarener, an dem er hing wie eine Klette, genossen dauerhaft Gastfreundschaft etwas außerhalb am Stadtrand in einem geräumigen ländlichen Anwesen mit einigen Tiergehegen und Stallungen … War er wieder daheim? Ihm schien's so, denn oft, schon vor Tag, wachte er auf mit erhobenem, pochendem Mannsglied, und spürte, dass ihm im Schlaf der Same ausgegangen war, denn wachend Hand anzulegen hatte er sich verboten. Das Schlimmste jedoch waren seine davor und daraus wachsenden Träume, deren Erinnerung er sich ebenfalls verbot, obwohl er wusste, wen sie zum Inhalt hatten. Er wusste auch, er musste die ihm

Vertrauten, als Erstes aber den Nazarener verlassen, obwohl
er doch in seiner Nähe besänftigt war, aufmerksam nur auf
das, was er sagte. So auch diesmal beim Nachtmahl: Er hatte
ihn auf seine Liege gebeten, und das vertraute Mahl schien
zu Ende mit Brot und Wein, doch was redete Er da? Von
Verrat? Von Gewalt? Von Tod?! Und bei Brot und Wein, so
wie jetzt, sollten sie Seiner gedenken? Aber Er war doch da
bei ihnen! War sicher und wurde geliebt! Doch die Kata -
strophe begann …

Noch wusste er's nicht, dass er auf Golgatha unterm Kreuz,
dem römischen Werkzeug für die zum Tode Verurteilten,
stehen würde und Maria auffangen musste, die Mutter sei-
nes Geliebten, die angesichts des Unfassbaren zusammen-
brechen würde, wusste nicht, dass der sein Felsengrab ver-
lassen und danach in die Wolken auffahren würde: in die
blauende Unendlichkeit des Himmels, der als Erstes von
Gott erschaffen worden war.

Jesus und Pontius Pilatus

Am Morgen des anderen Tages ratschlagten die Hohepriester mit den Ältesten und Schriftgelehrten im Haus des Kajphas und waren sich alle einig, dass der Nazarener des Todes schuldig sei, weil er Gott, den Tempel und sie alle gelästert hatte; sie konnten ihn zwar geißeln, was sie nach dem Grimm ihres Herzens getan hatten, ihn aber nicht töten, ungeachtet des Frevels, den er getan, und ungeachtet der mosaischen Gesetze, denn Gewalt über Leben und Tod war strikt dem römischen Kaiser, also dessen Repräsentanten, dem Gouverneur der Provinz Judäa, vorbehalten.

Zu der Zeit war das Pontius Pilatus. Er war aus dem Ritterstand und Beamter und tat seine Pflicht, mehr nicht, denn er hasste diese unruhigste und aufmüpfigste Provinz des gesamten Imperium romanum. Er fragte also den Gefangenen, den die Vertreter des Sanhedrin darstellten, und der erheblich mitgenommen aussah, denn offenbar war er gefoltert worden, er fragte ihn also, ob er behaupte, der König der Juden zu sein, wie ihm vorgeworfen werde, was insofern absurd war, als er sehr gut mit König Herodes Agrippa bekannt war, der es liebte, Feste in seinem Palast auf Machaerus zu feiern, zu denen Pilatus selbstverständlich geladen war, falls ihn nicht Amtsgeschäfte, wie derzeit, abhielten. Der nicht eigentlich demütige, bloß gedemütigte Gefangene antwortete: «Das sagst du!« – »Nun, die sagen es, die Hohepriester! Und du?« Aber der Gefangene blieb stumm, was Pilatus wieder typisch erschien für die Streithammelei in eigentlich religiösen Dingen, die bei diesen Juden aber nur schwer von den politischen zu trennen waren. Wie erpicht diese Priester auf ein Todesurteil waren: Eigentlich widerte ihn das an; er wusste, dass sie ihn zu ihrem Werkzeug machen wollten, also wollte er ihnen ein Schnippchen schlagen, da ihm nämlich einfiel, dass er der Stadt zu ihrem Osterfest einen Gefangenen freizugeben versprochen hatte, einen dieser Aufmüpfigen, die im Namen ihres obersten Gottes die den römischen Gesetzen Treuen überfielen und ausraubten. Wahrhaftig, es waren auch schon viele vor dem Gouverneurspalast zusammengeströmt! Er befahl also, beide Gefangene vorzuführen: Der Räuber hieß Barrabas – wie hieß der andere? Egal! »König der Juden«, lautete die Beschuldigung, also ließ er die Ansammlung wählen. Die wählten den, der in ihren Augen ein Vorkämpfer für ihre Sache war, also Barrabas. Und Pilatus ließ ihn laufen. Den anderen – wie hieß der? Der Name musste in den Akten vermerkt werden: »Jesus«, aha! Also: Daumen nach unten! Vermerk im Protokoll! Auch er ein politischer Verbrecher. Bei diesen Juden ging das Religiöse immer ins Politische über, oder umgekehrt. Die Sitzung geschlossen! Schluss für heute! War auch schon Zeit fürs Essen, also Händewaschen, der Sklave stand schon da mit Krug und Becken. Und der da? Ein Wink! Die Wachen sollten ihn wegschaffen, weg zur Galgenhalde, geheißen Golgatha.

Die Wachen, das waren Juden, die verspotteten ihn, und weil ein Schreiber wie gewöhnlich das Verbrechen, wofür die Todesstrafe galt, am Galgen, will sagen, am Kreuz der Römer benennen musste, schrieb er »J.N.R.J.«, das heißt:

»Jesus. Nazarenus. Rex. Judäorum« und verdolmetscht: »Jesus, der Nazarener, König der Juden.« Das wurde oben befestigt, anschließend aber er ans Kreuz, den römischen Galgen, genagelt, und der aufgerichtet: er, weil unabweislich daran geheftet, erstickte.

Der Überlieferung nach hielt die Welt den Atem an, doch war es eine kleine Welt; sie umfasste Judäa, Idumäa und Galiläa, das Reich des Unterkönigs Herodes Agrippa, des römischen Klientelkönigs – aber dieser Moment, begleitet von einer regionalen Sonnenfinsternis, sollte ein Signal für kommende Jahrhunderte werden, eingeschlossen das Kreuz als Erinnerungszeichen.

Josef von Arimathia

So wird er genannt, wiewohl er mit dem Ort, aus dem seine Familie ursprünglich stammte, nichts zu tun hatte; die Besitzungen dort waren vor Generationen verkauft worden; der Erlös hatte wohl den Grundstock für das beträchtliche Vermögen der Familie dargestellt. Ein reicher Jude, das war er, hoch angesehen in Jerusalem als Ratsherr des Sanhedrin, doch gleichwohl nach langen Nächten der Überlegungen und des Zweifels einer, dem einleuchtete, was dieser Nazarener predigte: es konnte sich bei der tausendjährigen Verheißung an Israel nicht um ein diesseitiges Reich handeln. Zwar, dass Gott einen Sohn haben sollte, das war ein Gleichnis, genommen aus heidnischer Welt und als Bild der unzerstörbaren Zusammengehörigkeit leicht zu begreifen. Im Hohen Rat hatte er sich mit seiner zurückhaltenden Art, was diesen Wanderprediger anlangte, nicht durchsetzen können. Umso erschütterter war er, als er von einer Geschäftsreise zurückkehrte und von der schnellen Entscheidung des römischen Präfekten und deren raschem Vollzug erfuhr. Es war zu spät, er konnte seine Beziehungen nicht mehr spielen lassen und tat das Einzige, was ihm verblieb: Er bat um einen alsbald genehmigten Termin bei Pontius Pilatus. Seine Trauer war spürbar, doch kein Wort, keinen Ton des Vorwurfs äußerte er, bat nur um die Erlaubnis, den Leichnam Jesu, entgegen der römischen Gepflogenheit, rasch vom Kreuz abnehmen und bestatten zu dürfen. Pilatus, eh kein Freund der zur Abschreckung gedachten römischen Sitte, die Hingerichteten den Aasfressern und Raubvögeln zu überlassen, gab der

Bitte statt, und Josef, wieder zu Hause, überlegte, wie er zu Werk gehen sollte.

Er würde Hilfe brauchen, das war ihm klar, aber zuvor musste er sich einen Überblick verschaffen. Er ging also, da der Tag sich neigte, zur Galgenhalde. Eine Schar weinender Weiber kam ihm entgegen. Die zeternden Betrüger waren inzwischen abgenommen, hart ausgepeitscht worden und weggelaufen; zwei Kreuze standen leer da. Jesus aber, am dritten festgenagelt, war tot, erstickt, das dorngekrönte Haupt zur Seite geneigt über einer abscheulichen, blutverkrusteten Wunde. Zwei Kriegsleute saßen darunter, soffen einen Rest Wein und würfelten um ein Gewand, gewoben in einem Stück. Als der eine es gewonnen hatte, gingen auch sie davon. Josef wandte sich ebenfalls wieder zurück in die Stadt – oder war Golgatha in ihrer Mitte? Er wusste jedenfalls, er würde zwei seiner Knechte brauchen – Sklaven besaß er nicht; er verabscheute das! – und er würde auch Nikodemus bitten, gleichfalls ein Mitglied des Sanhedrin und reicher Kaufherr, der sein Vermögen durch Handel mit Arabia via Peräa, der Hauptstadt der Nabatäer, gemacht hatte.

Nikodemus

Ihn hatten Berichte über die Predigten und Wundertaten des Nazareners getrieben; nachts ging er zu ihm und fragte ihn um die Wiedergeburt, welche der Kern seiner Rede war. Die sei Gottes Rede, sagte ihm der; wer glaube, dem werde der HErr sein steinernes Herz nehmen und es tauschen in ein unsterblich lebendiges. Nun aber war dieser Jesus verurteilt und hingerichtet. Wo war sein Unsterbliches, wo? Daher, als Josef kam und bat, ihm zu helfen, Jesus vom Kreuz abzunehmen, stimmte er zu und begleitete Josef und dessen Knechte, die im wenigen Licht den Leichnam vom Kreuz holten und auf linnene Tücher legten. Nikodemus hatte einen Diener, der Binden, Salben und Wasser trug, mitgebracht. Sie wuschen den Toten und salbten ihn mit Myrrhe, Aloe und kostbarer Narde und wickelten ihn sorgsam in Binden, als wären sie in Ägyptenland, woraus doch das Volk Israel vor langer Zeit gezogen war durchs Schilfmeer und trugen ihn durch einen nahen Garten, welcher jedoch kein Garten Eden war, und legten ihn in das Felsengrab Josefs nahebei, welches aber nicht die von Abram gekaufte Felshöhle zu Hebron war.

Nun aber war die Nacht bald hin. Sie räumten alles zusammen und verließen in früher Dämmerung den Ort, den nach der radikalen Zerstörung der hochgebauten Stadt Jerusalem durch Titus, den römischen Feldherrn und nachmaligen Kaiser, kein Mensch mehr genau nennen konnte, ob sie auch Jahrhunderte später eine Grabeskirche da errichteten.

Nikodemus aber schrieb, wiederum nach Jahrhunderten, ein Evangelium, das populär, nicht aber kanonisch wie das des Johannes wurde, obwohl das die Juden nicht schonte, die, weil nicht bekehrt, seit Jahrtausenden von den Christen verfolgt und massakriert werden, nachdem der Apostel Paulus, Jude, doch römischer Bürger aus Tarsus, alles Jüdische vom Glauben an Jesus abgetan hat.

Jakob

Er trug den Namen des Vaters der zwölf Stämme Judas; ihn zu latinisieren für Nachfahren des untergegangenen Römischen Reiches liegt eigentlich kein Grund vor. Jakob aus Nazareth war seinem jüngeren Bruder Jesus nach Jerusalem gefolgt. Wollte er ihn beschützen, weil er wusste, er neigte zu von manchen als extrem eingeschätzten Ansichten und würde Eins gewiss nicht tun: den Mund halten? – Weil er der Ältere war? Und älter, weil aus einer früheren Ehe des Baumeisters Josef stammend, damit die jungfräuliche Geburt der Maria nicht zweifelhaft würde? Fragen, die nur spekulativ zu beantworten, aber nebensächlich scheinen; beschützen konnte Jakob seinen Bruder jedenfalls nicht, aber er distanzierte sich auch nicht von ihm. Doch Augenzeuge von dessen durch Intrigen des Sanhedrin herbeigeführten Hinrichtung durch die römischen Besatzer wollte er auch nicht sein, wie das der geliebte junge Johannes vermochte. Zu seinem Schrecken erfuhr er, dass auch seine Mutter in die Stadt gekommen war und mit einer Freundin aus Magdala unterm Kreuz stand. Wenigstens der Vater war in Nazareth geblieben.

Nein, er war nicht verwundert über das, was sein Bruder wie unter einem höheren Auftrag verkündet hatte, obwohl's den überlieferten heiligen Büchern gewissermaßen widersprach, ja, den Bund vom Sinai für alle Völkerschaften erweiterte: Gott sei kein zürnender Herrscher über sein auserwähltes Volk und dessen kleine Welt, Er sei vielmehr einem liebenden Vater aller Menschen gleich, deren wimmelnde Vielfalt in Jerusalem wahrhaftig erlebt werden konnte, und dessen elftes Gebot zugleich das höchste sei: ›Liebe deinen Nächsten wie dich selbst!‹ – Was sollte falsch daran sein? Er glaubte das auch und berief sich dabei auf seinen wortgewaltigen Bruder, der immer schon wie mit Engelszungen reden konnte. Er, Jakob, folgte ihm also in der Lehre, und da er viel über ihn erzählen konnte, bildete sich bald ein Kreis Interessierter um ihn, die wahrhaftig wie Brüder miteinander umgingen, auch das Urbild Kains und Abels vermieden und alle Dinge teilten, sodass kein Unterschied war. Da jedoch Klarheit in Allem, insbesondere was das Geld anlangte, herrschen sollte, wählten sie ihn zum Verwalter und Vorstand der ersten Jerusalemer Gemeinde derer, die an seines Bruders Lehren glaubten.

Das war nicht ungefährlich für sie, wie er bald erfuhr. Der Sanhedrin verfolgte nämlich die dem Tempel, somit ihm abträglichen Lehren und hatte einen Mann aus Tarsus berufen, die Verhassten mit Feuer und Schwert zu bekämpfen, was er tat bis hinauf nach Damaskus. Sein Name war Saul. Der aber auf dem Weg nach Damaskus einen Unfall erlitt, will sagen: vom Pferd fiel, dabei aber, wie er beteuerte, ein Bekehrungserlebnis hatte und sich fortan Paul nannte.

Johannes auf Patmos

Wenn du im Haus, dem schmalen, dunklen, stehst und hörst den Wind, wie er die Flügel schleppt, und blickst hinaus: erst nichts, dann fahles Blau, dann auf Granit Brandflecken und Geröll, doch kein Gewölk, am Himmel keinen Stern erkennen kannst, und weißt, die Insel ist hoch in der Luft, lautlos in Finsternis vorbeigezogen, und der Jünger, den Jesus liebte, liegt aus gelbem Wachs so schmal und winzig klein auf seinem Schragen, silbern zugedeckt von schwärmenden Insekten, deren Ton wie Satellitenschwirren oben sirrt, und nichts ist als in deinem Ohr Herzschlag, dein Herzschlag – laut, ein Rauschen wie das Meer in hohler Muschel rauscht und schlägt und schlägt erneut und rauscht so schwarz, dann kommt dir dies: Nah ist und schwer zu fassen Offenbarung, die ist wie ein Gebirg in Rollen, zugebunden und so beziffert, groß und klein gelehnt, die eine an die andere, übersprüht von Asche, Asche und Staub und Unrat. Zeichen sind unentzifferbar geritzt, und Knoten sind unlösbar festgeknüpft: es gilt, ins Innere zu sehn, die Schrift zu lesen …

Wer fürchtet Gott? Mann oder Weib? Wer glaubt, dass Er hertreten aus der Wand wird zu richten die Lebendigen und die Toten? Kein Mensch! Nicht Mann noch Weib. – Ich sage dir, sie sind gerichtet! Doch ist der Welt Lauf nicht gerecht. Gerecht, was das sei, weiß das Opfer, und ihm fährt brennend die Seele samt dem Speichel aus dem Mund.

An allen Eck und Enden glänzt geschminkt als Recht das Unrecht, dröhnt und stöhnt vor Lust. Durch alle Straßen Flucht, aus Flüssen Blut, aus Öfen Rauch. Tu deine Tür zu, hör, wie dein Herz schlägt, wie der Drache wispert im schwarzen Wind! Der Klage wird kein Trost, der Frage keine Antwort: Hüter, Hüter der Menschen, ist die Nacht bald hin? Wirst du die Tränen abwischen dem Aug, einrollen Geschrei und Leid und Schmerzen und den Tod? Wirst du da sein? – So komm!

Der Halbraum da ist uns nicht Vaterland – Sohnland vielleicht. Herzkammer, herzlos. Mund-und bodenlos.

Nachwort

Diese Männer!, könnten die Frauen stöhnen – und sicher mit einigem Recht. Wie selbstverständlich maßen sich nämlich die Männer die Herrschaft an und verkünden: Das Weib sei dem Manne untertan! und erklären die Natur und Regel der Frauen für unrein – nebst allem, womit sie in Berührung kommen.

Der Beweggrund der Männer sei ihr Neid, Neid auf die Fruchtbarkeit der Frauen, denn wahr ist und bleibt: Kein Mann kann ein Kind gebären. Umso höher stellen die Männer, was sie ihren Erfindergeist nennen, und erklären den bildlich und tatsächlich zum Schöpfer und Herrn der Welt, als habe er alles geschaffen, was da kreucht und fleucht, ob winzig, ob riesig, wobei sie tunlichst verschweigen, was ihr eigener Geist an Zerstörung bereits geschaffen hat und bis heute zu sehen ist, doch mehr noch in dem über die Weltmeere fahrenden Schiff, das eine Plutoniumbombe an Bord hat: wenn gezündet, der Welt Ende.

Auf beinah freundliche Weise gibt Daniel wiederum ein Bild unsrer Welt, worin Gottes erwähltes Volk, das seinerseits IHn erschaffen hat, in der Gegenwart sitzt als in einer Löwengrube, gegraben in Gaza, der Stadt der Philister, von der Hamas.

Das Alte Testament ist am Ende und reicht doch bis in unsere Gegenwart. Darin erhebt sich die Frage nach dem Messias.

Editorische Notiz:

Textgrundlage der biblischen Erzählungen ist: »Die Bibel oder die ganze Heilige Schrift des Alten und Neuen Testaments nach der deutschen Übersetzung D. Martin Luthers – Neu herausgegeben nach dem vom Evangelischen Kirchenausschuss genehmigten Text«, herausgegeben von der Privilegierten Württembergischen Bibelanstalt in Stuttgart, 1925.

(Diese Ausgabe begleitete den Autor 1950/51 im Konfirmationsunterricht und seither.)

Die Geschichte »Der starke Simson« wurde bereits in folgendem Band abgedruckt: Alexander Gruber »Die Fenster des Himmels – Sagen und Märchen aus der Bibel«.

Weitere Veröffentlichungen des Autors:
Alexander Gruber (Hg.) | Tiermärchen vieler Völker:
Band 1: Tiermärchen der Brüder Grimm
Band 2: Tiermärchen aus der Türkei
Band 3: Tiermärchen aus dem Vorderen Orient
Band 4: Tiermärchen aus Russland
Band 5: Tiermärchen aus China
Band 6: Tiermärchen aus Vietnam
Band 7: Tiermärchen aus Japan
Band 8: Tiermärchen aus Indien
Band 9: Tiermärchen aus Afrika

Die Fenster des Himmels
Mit der Sonne bekleidet
Lass hören! Lass sehen! Lass lesen!

Pendragon Verlag
gegründet 1981
www.pendragon.de

Originalausgabe
Veröffentlicht im Pendragon Verlag
Günther Butkus, Bielefeld 2024

Umschlag und Herstellung: Uta Zeißler
Illustration: shutterstock / Alia Kurianova
Gesetzt aus der Adobe Garamond
ISBN: 978-3-86532-896-0
Gedruckt in Polen